DIE SCHWARZMONDBRÜDER

Ulrike Friebel

DIE SCHWARZMONDBRÜDER

Die Abenteuer
der Begine Renitenta

Band 2

Bibliografische Information der Deutschen Nationalbibliothek:
Die Deutsche Nationalbibliothek verzeichnet diese Publikation in
der Deutschen Nationalbibliografie; detaillierte bibliografische
Daten sind im Internet über http://dnb.dnb.de abrufbar.
© *2017 Ulrike Friebel*
Illustration Umschlag: Birte Strohmayer
Herstellung und Verlag: BoD – Books on Demand, Nor-
derstedt
ISBN: 978-3-7448-02398-7

Inhalt:

Essen im Jahr 1542   7

Schlaflose Beginen   9

Das Mahnmal   12

Zwischen den Stühlen   15

Der 4. Hilfsküchenmeister   18

Tante Adelheid   21

Lernt Lieschen lesen?   24

Die Schwarzmondbrüder   27

Tanz um den Beginenbrei   30

Der Bürgermeister von Essen   33

Viele Köchinnen verderben den Brei   36

Renitenta allein zu Haus   40

Im Kerker   43

Die Krone der Erschöpfung   47

Die Einladung   49

Der Späher   53

Das Wiedersehen   57

Papier, Papier   60

Rechtschreibung   63

Auf ein Neues   67

Die Beginen:

- ➤ Henrike von Havixbeck, Meisterin oder Mutter Oberin genannt
- ➤ Renitenta von Holsterhausen, seit zwei Jahren dabei und damit die „jüngste" Begine, versucht alles richtig zu machen, macht sie auch, aber anders als erwartet
- ➤ Maria Exacta, liebt Zahlen und führt deshalb die Kasse, sie liebäugelt mit der Reformation, und weiß alles (besser)
- ➤ Jolanthe Meyer-Bömmerdelle, Bauerntochter und Vegine, anpackend, manchmal nicht ganz regelkonform, „Ranschafferin"
- ➤ Maria Influenza, geb. Kimmeskamp, Auserwählte von Walther von der Bosebecke, ist wie Renitenta lieber Begine als Ehefrau und für die Küche verantwortlich
- ➤ Reimunde, Gründungsmitglied des Beginenhofs und loyale Vertraute der Meisterin. Ist sich trotz „alter Knie" für keine Arbeit zu schade
- ➤ Ambivalenzia, legt sich gerne mit der Meisterin und fast allen anderen an, möchte aber nicht so gern Verantwortung übernehmen
- ➤ Klara, hochspirituell und manchmal etwas anspruchsvoll, achtet immer auf die positiven Energien
- ➤ Elisabeth, Roswitha und Graziella, sorgen für Leprakranke und dafür, dass nichts weniger als dreimal diskutiert wird

Renitenta von Holsterhausen, die junge Frau, die zwei Jahre zuvor im Beginenhof am Pferdemarkt Zuflucht vor einem heiratswütigen alten Schneider gefunden hatte, war zu einer wahrhaftigen Begine geworden[1]. Es hatte einige Zeit gedauert, bis sie nicht mehr in jedem Fettnäpfchen ihren zierlichen Fußabdruck hinterließ. Sie hatte gelernt, Gerstengrütze zu kochen, ohne sie anbrennen zu lassen, und auf dem Pferdemarkt die besten Pferdeäpfel für den Beginengarten einzusammeln. Auch wusste sie nun, dass Widersprüche das Salz in der Suppe der Klarheit sind, und dass der kürzeste Weg zwischen zwei Punkten manchmal eine Spirale ist. Ihre Geduldsfäden waren zu robusten Seilen geworden, mit denen sie sich bei Bedarf selbst aus dem Sumpf mehrstündiger ergebnisfreier Diskussionen herauziehen konnte.

Es war keine leichte Zeit für die Beginen. Wohl gewährte ihnen die Macht der starken Frauen, die in einer lange Reihe von Fürstäbtissinnen die Geschicke der Stadt und des Stifts gelenkt hatten, einen gewissen Schutz, dafür mischte sich die Äbtissin aber auch gerne ein, wenn sich die Beginen wieder einmal nicht ganz so benahmen, wie es von frommen Frauen erwartet wurde.

Aber auch mit der Macht der Fürstäbtissinnen war es nicht mehr allzu weit her. Zwar war die Stadt Essen noch nicht sehr bedeutend, aber Kohlefunde und eine erste Bergordnung ließen die Feinstaubwerte und Profite der Zukunft erahnen. Das aufstrebende Bürgertum machte den Regentinnen das Leben schwer. Bereits 1495 hatte die Äbtissin Meyna von Daun-Oberstein ihren Stiftsvogt, den Herzog von Kleve und Graf von Mark, um Hilfe bitten müssen, als ihr die Kontrolle über

---

[1] Das Tagebuch der Begine Renitenta, 2016

Essen entglitten war. Der nutzte das natürlich aus und gliederte Essen faktisch in seinen Herrschaftsbereich ein, wie es zu Hilfe gerufene Großmächte heute noch machen. Immerhin blieb die Gerichtsbarkeit beim Stift.

Und noch ein weiterer männlicher Widersacher brachte die alten Strukturen mehr und mehr ins Wanken. Es war der ehemalige Mönch Martin Luther, aus dessen Aufmucken gegen das katholische Geschäftsmodell „Ablass gegen Vergnügen – man gönnt sich ja sonst nichts" trotz Acht und Bann allmählich eine ernsthafte Konkurrenz-Kirche entstand – die ohne Fürstäbtissinnen auskam und schon gar keine Beginen brauchte.

Auch für die Beginen am Pferdemarkt, Essens zu Unrecht kaum bekannte eigenständigste Beginengemeinschaft, zog Gefahr auf. Ein regressiv-patriarchaler Männerbund, der sich Schwarzmondbrüder nennt und dessen Leitmotiv „Männer zuerst" heute noch bis in höchste Regierungsämter hineinwirkt, bringt sie in höchste Bedrängnis. Doch wie schon im ersten Büchlein um die Begine Renitenta von Holsterhausen zeigen uns diese klugen, kreativen und halsstarrigen Frauen, dass Beginen ihre ganz eigenen, unnachahmlichen Strategien haben, sich nicht vom Weg abbringen zu lassen. Wenn sie sich denn darüber einigen konnten, wo der Weg lang ging.

Schlaflose Beginen

Die Hitze hatte sich im Beginenhaus eingenistet und wollte auch in den ersten Stunden der Nacht nicht weichen. Die ganze Stadt schwitzte und sonderte üble Gerüche ab, die sich mit den Ausdünstungen der Beginen im Schlafsaal zu einer pappigen Luftmasse verbanden. Unruhig wälzten sich die vom Tagwerk erschöpften Frauen hin und her, ohne wirklich Ruhe zu finden. Da halfen auch die von der Begine Reimunde in einer Schwarzmondnacht selbstgenähten Lavendelsäckchen nicht mehr, die in jedem Strohsack zu finden waren, und sonst gegen fast alles Linderung brachten.

Einzig die Begine Reimunde selbst schnarchte unbeirrbar und gleichmäßig wie ein Sägewerk. Jede der Frauen wusste, wo sie die kleine Flasche aufbewahrte, aus der die älteste der Gemeinschaft jeden Abend einen einzigen, aber beherzten Schluck nahm. Es schien wie ein Wunder, dass das Fläschchen nie leer wurde. Die Mutter Oberin, die in Reimunde ihre treueste Verbündete hatte, hätte dieses Wunder erklären können, aber sie dachte gar nicht daran.

Im Grunde störte Reimundes Schlaftrunk die Oberin genauso wenig wie die schleichenden Schritte zweier Paar Füße auf dem langen Gang, der vom Schlafsaal zum Hofausgang in den Garten führte. Henrike von Havixbeck kannte alle Schritte ihrer Beginen, jedes Paar Füße sang sein eigenes Lied. Da war Graziella, deren Schritte immer wie ein kleiner Tanz klangen, oder Maria Exacta, bei der jeder Schritt etwas Endgültiges hatte. Die Meisterin der kleinen Gemeinschaft wusste meistens sehr genau, wer da mit wem noch mal in den Garten schlich, um ein vertrautes Schwätzchen zu halten und sie freute sich mit einem feinen Lächeln über die Pläne, die dabei nicht selten geschmiedet wurden.

Als sie jedoch in dieser Nacht die Schritte von Jolanthe erkannte, fuhr ihr der Schreck in die Glieder. Zu oft hatte sie diese Schritte in den vergangenen Monaten krumme Wege gehen lassen. Das war jedenfalls die Ansicht der Fürstäbtissin, die diese ihr vor einigen Tagen unmissverständlich kundgetan hatte. Die Gardinenpredigt, zu der sie ins Stift zitiert worden war, hallte noch in den Ohren der Meisterin nach. Sie endete mit der Drohung, wenn sie ihre Beginen nicht besser unter Kontrolle bekäme, wäre der Erzbischof geneigt, seine Tante Adelheid von Hückeswagen als Oberin für den Konvent einzusetzen. Und der Erzbischof hatte dies mit einem Brief bekräftigt, für den er sogar einen reitenden Boten losgeschickt hatte.

Die Beginen unter Kontrolle bringen! Wie stellte sich die gnädige Frau von Montfors-Rothenfels das vor? Hatte sie etwa ihre Stiftsdamen unter Kontrolle? Außerdem war das nicht Henrike von Havixbecks Vorstellung von einem Leben in einer Gemeinschaft.

Die Meisterin horchte noch einmal in die Dunkelheit. Wollte Jolanthe etwa schon wieder zu ihren unrühmlichen Taten aufbrechen? Aber zum Glück war sie nicht allein, es waren die bloßen Füße der Begine Renitenta, die die zweite Stimme zum energischen Stapfen von Jolanthes kräftigen Schritten sangen.

Bisher war Renitenta ihrer Freundin nicht auf deren Abwege gefolgt, und die Mutter Oberin betete zur Jungfrau Maria, dass sie das auch in Zukunft nicht tun würde. Renitenta hatte auch fast zwei Jahre nach ihrem Eintritt in die Beginengemeinschaft immer noch Angst, dass sie wieder fortgeschickt würde und den klapprigen Schneider heiraten müsste, dem ihr Vater sie versprochen hatte. Diese Aussicht ließ sie vor den meisten Dummheiten zurückscheuen. Dass sie in ihrem ständigen Bemühen, alles richtig zu machen, so manche Dummheit beging, war eine andere Sache.

Mit ihrer Freundin Jolanthe hatte Renitenta einiges gemeinsam. Beide hielten sich nicht gern an Regeln, vor allem, wenn sie sie nicht selbst aufgestellt hatten, und beide gaben alles für die Gemeinschaft, ob die Gemeinschaft das wollte oder nicht. Dass Jolanthe und Renitenta nach einem schwierigen Start Freundinnen wurden, hatte die Mutter Oberin nicht überrascht.

Auf jeden Fall, so versuchte sie sich selbst gut zuzureden, würde Renitenta ihre Freundin Jolanthe nicht in die finsteren Kaschemmen am Stadttor entwischen lassen, ohne mit aller Hartnäckigkeit zu versuchen, sie zurückzuhalten.

Und da war noch etwas, das der Meisterin der kleinen Beginengemeinschaft Beruhigung verschaffte. Es war die Nacht des Schwarzmondes, und rings herum versank die Welt in tiefer Finsternis. Selbst die tollkühne Jolanthe würde sich heute Nacht nicht hinauswagen.

Das Mahnmal

Renitenta und Jolanthe hatten die kleine Bank im hinteren Teil des Beginengärtchens erreicht. Hier hatten die Schwestern hinter Johannisbeer- und Stachelbeersträuchern eine kleine Gedenkstätte eingerichtet, die auf den ersten Blick wie ein unordentlicher Reisighaufen aussah. Nur wer um die Geschichte der Beginen wusste, die von der sogenannten heiligen Inquisition aus ihren Häusern vertrieben, aus ihren Städten verbannt und in manchen Fällen auch umgebracht worden waren, konnte darin den Scheiterhaufen erkennen, den die Beginen hier symbolisch aufgeschichtet hatten, zum Andenken an die Beginenschwestern, die wegen Ketzerei verbrannt worden waren.

Renitenta erinnerte sich ungern daran, dass auch sie nicht auf die Idee gekommen war, dass dieses Gebilde im sonst so aufgeräumten Beginengarten etwas anderes sein könnte als ein unordentlicher Haufen Stöcke. In der Hoffnung auf ein überschwängliches Lob hatte sie den Haufen fein säuberlich abgetragen und die Stöckchen nach Größe sortiert. Zu ihrem fassungslosen Erstaunen hatte ihr das jedoch nicht das kleinste bisschen Anerkennung eingebracht. Einen ganzen, schier unendlich langen Tag hatten die anderen Frauen sie behandelt, als wäre sie das Patriarchat persönlich. Roswitha hatte sogar infrage gestellt, dass sie zu einer spirituellen Entwicklung in der Lage sei und dass sie das Beginentum auch nur ansatzweise verstanden hätte, und die ‚Vegine‘ Jolanthe, die damals noch nicht ihre Freundin war, hatte sie mit geschlossenem Mund durch die Zähne angezischt: „Typisch Aasfresser!“

Jetzt saß Jolanthe neben ihr auf dem Gartenbänkchen und fächelte sich Luft zu. In diesem Teil des Gartens war es kühler als direkt neben dem Haus, und man konnte miteinander sprechen, ohne dass alle mithörten.

„Kann ich Dich mal was fragen?" „Frag mich mal was", brummte Jolanthe gutmütig.

„Warum haben wir an diesem Mahnmal keine Tafel oder etwas Ähnliches angebracht, damit jede weiß, was das ist. Das Mahnmal kommt mir so geheimnisvoll vor!"

„Das ist es auch! Oh, da kommt wieder eine!" Renitenta schrak zusammen. „Wo? Wer?" stammelte sie, ängstlich um sich blickend. Doch da war niemand.

„Die Nachtkerzen! Siehst Du die Blüte, die sich ganz langsam öffnet? Morgen früh wird sie schon wieder welken." Jolanthe grinste sie frech an.

„Und was das Mahnmal angeht, tust Du gut daran, nicht mit anderen darüber zu sprechen. Bis jetzt hat der Schutzzauber gewirkt, na ja, und die schützende Hand der Fürstäbtissin, zusammen mit der Einschleimerei beim Erzbischof. Aber ob wir wirklich sicher sind vor den Bluthunden der Inquisition, wage ich zu bezweifeln. Und ein Schildchen mit der Aufschrift: ‚Die aufsässigen Beginen vom Pferdemarkt grüßen die Asche ihrer großen Vorbilder" oder so ähnlich, würde unsere Lage nicht sicherer machen!

Renitenta schwieg nachdenklich. Nie zuvor in ihrem Leben hatte sie sich so sicher gefühlt wie in diesem Haus, in das keine Männer hinein durften. Keine flinken schwitzigen Hände, die mal eben unter ihren Rock fassten und keine derben Witze, die ihr die Röte ins Gesicht trieben. Natürlich wusste sie, dass sich die Welt außerhalb der niedrigen Mauer, die den Hof umgab, nicht verändert hatte. Aber sie hatte nie in Betracht gezogen, dass all die Schrecken, die draußen lauerten, in ihre kleine blitzsaubere Welt eindringen könnten.

Plötzlich musste sie an Isabella denken. Was wäre aus dem sicheren Ort der Beginen geworden, wenn die junge Frau, die in Männerkleidern lebte und auf der Flucht vor den kaiserlichen Feldjägern zwei Nächte im Beginenhof Zuflucht gefunden hatte, einfach da geblieben wäre? Renitenta hatte sich das sehr gewünscht, aber jetzt wurde ihr allmählich klar, dass Isabella nicht nur zu ihrer eigenen Sicherheit, sondern auch zum Schutz des Beginenhofs so schnell wie möglich weitergezogen war.

„Ich bin doch ein dummes Schaf!" entfuhr es ihr. „Das war doch schon mal eine Aussage!" antwortete Jolanthe. „Vielleicht wird es ja doch noch was mit Deiner spirituellen Entwicklung. Komm, lass uns zu Bett gehen, sonst frisst Du dummes Schaf noch das Kräuterbeet kahl wie einst die Ziege Genoveva."

ZWISCHEN DEN STÜHLEN

Im Speisesaal war es beklemmend still. Nicht ein einziger Löffel wurde in die dampfende Brühe getaucht, obwohl es die erste Suppe aus frischen Bohnen in diesem Jahr war, die auf dem blankgescheuerten Tisch stand. Wie gebannt saßen die Schwestern auf den harten Holzbänken, die Hand fest um den Löffelstiel geschlossen und die Ohren gespitzt.

Aus dem Schreibzimmer, in das die Meisterin die Begine Jolanthe vor dem Mittagessen zum Gespräch einbestellt hatte, drang wütendes Geschrei.

„Wenn Du mich noch ein einziges Mal Hure des Patriarchats nennst, sorge ich dafür, dass Du noch heute eine Wanderbegine wirst. Aber eine, für die sich keine Tür mehr öffnet, das kannst Du mir glauben!" Es klang wie das wütende Knurren einer Wildkatze, was da aus der Kehle der Mutter Oberin kam.

Das Gespräch hatte unter denkbar schlechten Vorzeichen angefangen. Jolanthe war mit einem Riesenhunger aus dem Garten gekommen und wollte gerade voller Vorfreude an der Mutter Oberin vorbei auf die Suppe zumarschieren, als sie die knappe Anweisung hörte, dass für sie die Essenszeit noch nicht gekommen sei.

„Sie geht so etwas doch sonst viel klüger an", flüsterte Klara ihrer Tischnachbarin Roswitha zu. „Ich glaube, der Erzbischof und die Fürstäbtissin haben sie ganz schön unter Druck gesetzt", flüsterte Roswitha zurück. „Heute Morgen ist noch ein Bote mit einem Brief aus Köln angeritten gekommen. Ich habe es zufällig gesehen, als ich beim Putzen aus dem Küchenfenster schaute. Und ich habe auch gesehen, wie blass die Mutter Oberin wurde, als sie ihn gelesen hatte."

Diese setzte in diesem Moment ihre wütende Ansprache fort. „Glaubst Du, es macht mir Spaß, immer zwischen den Stühlen zu sitzen? Du kannst gerne an meiner Stelle Meisterin werden, wenn Du es besser kannst. Du hast überhaupt keine Ahnung, wie oft ich gerade Deinen gierigen Hals gerettet habe! Seit Wochen wird mir berichtet, dass Du Dich fast jede Nacht in einer Kaschemme namens „Grüne Kröte" am Stadttor herumtreibst und dem Glücksspiel frönst."

„Von wegen Glücksspiel!" Jolanthes Stimme klang verächtlich. „Ich habe die besten gezinkten Würfel der ganzen Stadt. Damit muss man erst mal umgehen können, das hat nichts mit Glück zu tun. Was glaubst Du eigentlich, woher die Spendenmünzen kommen, die fast jeden Morgen in kleinen Leinensäckchen vor der Tür liegen und Deine Augen zum Glänzen bringen. Ich habe von meinen Gewinnen noch nicht einen Heller für mich behalten. Und ich mache das alles nur, damit Du das neue Marienwandbild für die Kapelle bekommst, von dem Du immer redest. Erzähl mir bloß nicht, dass Du das nicht schon lange weißt."

... „Ich weiß, und ich weiß es auch zu schätzen", antwortete die Oberin und klang auf einmal friedlich. „Aber Du bist unvorsichtig geworden und hast es übertrieben. Und außerdem hast Du ganz offensichtlich den falschen Leuten die Geldkatze leer gezockt. Wie es aussieht, kannst Du Dir bald aussuchen, ob Du wegen Falschspielerei in den Kerker oder wegen des Besitzes magischer Fähigkeiten gefesselt in die Ruhr kommen willst!"

„Ich kann mir schon denken, wer mich da angeschwärzt hat. Seit ein paar Wochen sitzt so ein Küchenmeister der Fürstäbtissin mit am Spieltisch. Ein richtiger Einfaltspinsel, ich glaube, der hat noch nie ein Spiel gewonnen. Der bringt es fertig, mich zu verraten, auch wenn er selbst in Schwierigkeiten kommt."

„Wer auch immer den Stein zum Rollen gebracht hat, jetzt rollt er. Und wenn Du nicht ab sofort die Nächte in Deinem Bett verbringst, verlieren wir hier alles, vielleicht sogar das Leben, aber ganz sicher unser Zuhause. Wenn Du nicht schlafen kannst, geh in die Kapelle zum Beten. Und jetzt hätte ich gerne Deine Würfel."

Die Suppe war kalt geworden, als Jolanthe und die Mutter Oberin blass, aber einträchtig das Refektorium betraten. „Ihr hättet nicht auf uns warten müssen, es ist doch schade um die gute Suppe. Habt Ihr denn schon gebetet?" Bis auf ein leichtes Zittern der Oberlippe war der obersten Begine nichts anzumerken. „Lasst uns jetzt essen, wir reden heute Abend über alles!"

Der 4. Vizeküchenmeister

Der 4. Vizeküchenmeister des fürstlichen Damenstifts war ein außergewöhnlich hässlicher Mann, aber einfältig war er nicht. Walther von der Bosebecke kannte es seit frühester Kindheit nicht anders, er wurde immer für dumm gehalten. Wer ihn sah mit seinen engstehenden kleinen Augen, die an Schweine erinnerten, seinem kurzen Kinn und der fliehenden Stirn, hielt ihn für schwachsinnig und machte den Fehler, ihn zu unterschätzen.

Als zweiter Sohn eines Vizeküchenmeisters am Hof der Fürstäbtissin hätte er Mönch oder Pfarrer werden sollen, aber er stellte sich im Lateinunterricht so dumm an, dass das undenkbar war. Daraufhin war es sein älterer Bruder, der hinter den Klostermauern des Benediktinerklosters in Werden verschwand, und Walther wurde der Nachfolger seines Vaters als „Käsemeister". Seine Aufgabe war es, die Käselaibe in Empfang zu nehmen, die die Bauern zu festgelegten Zeiten abzugeben hatten, sie zu hüten und zu lagern, und nach einem sorgsam ausgehandelten Plan an all die Menschen zu verteilen, die der Hof ernähren musste: Stiftsdamen und Kanoniker, Beamte und andere Begünstigte. Und obwohl er sich von der Arbeit fernzuhalten wusste wie kein zweiter, war er doch immer von einem leichten Käsegeruch umhüllt, so dass ihn alle, die ihn nicht mochten, und das waren die meisten, nur den „Käsebeck" nannten.

Unter Walthers zahlreichen schlechten Wesenszügen stachen zwei besonders hervor. Erstens war er ein notorischer Spieler – und er spielte keinesfalls so schlecht, wie Jolanthe annahm – und zweitens war er ein Frauenhasser. Die Frauen mochten ihn auch nicht, schon wegen des Käsegeruchs, und so manche hatte ihn schon ausgelacht, wenn er ungeschickt seinen Antrag vortrug.

Natürlich konnte er zu Huren gehen, das tat er auch regelmäßig. Aber sein heimlicher Traum von einer eleganten und außergewöhnlich schönen Gattin, mit der er angeben konnte und die ihm als Ehefrau treu ergeben war, blieb unerfüllt.

Einmal hatte er tatsächlich geliebt, auf seine Art natürlich. Aber noch bevor er vor dem Vater seiner Angebeteten seinen Antrag herausstammeln konnte, war die Dame seines Begehrens verschwunden – in einen Beginenhof.

Seitdem hasste der Käsebeck die Beginen. Mit großem Vergnügen hörte er sich bei seinen Besuchen in seiner Lieblingsschänke „Zur grünen Kröte" oder in der Domschänke immer wieder die Erzählungen aus anderen Städten an, in denen die Inquisition ganze Beginenhöfe aufgelöst und die schlimmsten dieser anmaßenden Weiber als Ketzerinnen verbrannt hatte. Am liebsten mochte er die Geschichte von den Erfurter Beginen. Mehr als 400 von ihnen waren aus ihren Höfen vertrieben worden. Ein Teil schwor seiner Verirrung ab und kehrte in ein demütiges Frauenleben zurück, aber mehr als die Hälfte der Ketzerinnen war in die Wälder gejagt und sicherlich von den Wölfen gefressen worden.

Würde nur die Fürstäbtissin endlich ihre schützende Hand von diesen Teufelsweibern nehmen, die sein Lebensglück zerstört hatten! Stattdessen musste er ihnen von seinen Käselaiben abgeben, obwohl diese Teufelsweiber ihren eigenen Käse produzierten. Zu allem Überfluss bekam er es dann auch noch mit dieser Schwester Maria Exacta zu tun. Alle seine Versuche, sie bei der Käseverteilung übers Ohr zu hauen, hatte sie bisher durchschaut und ihn freundlich, aber bestimmt korrigiert.

Und als er sie gebeten hatte, doch noch einmal ein ernstes Wort mit seiner Auserwählten zu sprechen, die jetzt unter dem Namen Maria Influenza lebte und sich lieber um die Beginenküche kümmerte als um ihn, hatte sie nur laut gelacht, eine Augenbraue hochgezogen und geantwortet: „Das werde ich ganz bestimmt nicht tun!"

Aber jetzt schien das Glück endlich auf seiner Seite zu sein. Im schmuddeligen Hinterzimmer der „Grünen Kröte" hatte er beim Würfelspiel zu nächtlicher Stunde ein Marktweib gesehen, dass ihm gleich merkwürdig vorgekommen war. Seine krumme Nase hatte ihn nicht getäuscht, er roch diese Satansweiber zwanzig Meilen gegen den Wind. Als er der falschen Marktfrau auf dem Heimweg folgte, wurde sein Verdacht bestätigt. An der Mauer des Beginenhofs holte sie ihre Tracht aus einem Versteck, zog sich um, und versteckte die Kleider, die sie beim Spielen getragen hatte.

Walther von der Bosebeckes Herz hüpfte vor Freude. Jetzt musste er nur noch eine glaubwürdige Ausrede für seinen Besuch in der Kaschemme finden, damit er der Fürstäbtissin alle Verfehlungen der würfelnden Begine recht anschaulich schildern konnte.

Und ein paar rechtschaffene Mannsbilder würde er auch noch auftreiben, die ihm helfen würden, die Beginen dahin zu treiben, wo sie hin gehörten - in den Wald zu den Wölfen.

WER WILL SCHON TANTE ADELHEID?

Die schlechte Stimmung zog sich durch den Tag und wurde am Abend zu einem allgegenwärtigen Knistern in der Luft. Die Beginen, die in Haus und Hof arbeiteten, schlichen den ganzen Nachmittag mürrisch umher. Die anderen, die im Spital und in der Leprastation durch ihre Arbeit abgelenkt waren, befiel die beklemmende Erwartung eines unangenehmen Abends, sobald sie das Haus betreten hatten.

Als die Beginenschwestern endlich ihre Plätze im Refektorium eingenommen hatten, entlud sich die Anspannung in einer großen Geschwätzigkeit. Gegen das Gewirr so vieler aufgeregter Stimmen kam das kleine Glöckchen nicht an. Die Mutter Oberin wandte sich an Renitenta, die neben ihr saß. „Du hast doch so ein gutes Verhältnis zur Jungfrau Maria, ich möchte Dich bitten, jetzt laut zu ihr zu beten, dass die Schwestern ein wenig zu Verstand kommen und für einen Moment ruhig sind."

Renitenta musste einen Moment nachdenken, dann kletterte sie auf einen Stuhl und betete so laut sie konnte: „Heilige Jungfrau, ich bin Dir so dankbar, dass Du uns das Geheimnis der ewigen Jugend verraten willst, aber ich verstehe leider kein Wort." Sofort wurde es still.

Die Oberin nutzte die Stille, um von dem unangenehmen Gespräch mit der Fürstäbtissin zu berichten. Als sie die Drohung des Erzbischofs erwähnte, seine Tante Adelheid von Hückeswagen als Oberin einzusetzen, brach ein wütendes Protestgeschrei aus.

„Das geht nicht, das kann er nicht machen. Wir haben das Recht, unsere Oberin aus unserer Mitte zu wählen", riefen Elisabeth und Graziella. „Tante Adelheid soll bloß mal herkommen, die wird sich wundern."

„Vielleicht sollten wir zu den Lutheranern wechseln?"
Maria Exacta liebäugelte schon lange mit der Reformation des ehemaligen Benediktinermönches Martin Luther. „Das tun wir ganz bestimmt nicht", widersprach Klara. „Die haben schon mehr Scheiterhaufen angezündet als die Inquisition."

Schwester Ambivalenzia schaute die Meisterin herausfordernd an und sagte mit eigenartig sanfter Stimme: „Ist doch eigentlich ganz hilfreich für Dich, so eine Drohung. Ich meine, um hier wieder Zucht und Ordnung herzustellen."

„Jetzt ist aber Schluss hier! Wenn hier eine was auf die Beginenhaube kriegen muss, dann bin ich das!" Jolanthe hatte sich so schwungvoll von der Bank erhoben, dass diese ins Kippen geriet. Mühsam rappelten sich Reimunde und Maria Influenza vom blankgeputzten Fußboden hoch. „Schließlich habe ich mich erwischen lassen."

„Du glaubst doch nicht im Ernst, dass die Meisterin, die sonst jeden Floh husten hört, von Deinen nächtlichen Eskapaden nichts gewusst hat?" Ambivalenzia gab keine Ruhe.

Die Oberin hatte jetzt genug. „Überlegt Euch mal, wer meine Position übernehmen soll. Ich bin dann mal weg!" Mit diesen Worten schickte sie sich an, den Raum zu verlassen.

„Nee, Henrike, das geht jetzt gar nicht. Keine will Deine Position übernehmen. Wir wissen alle, was für eine schwierige Aufgabe Du hier zu bewältigen hast. Und wenn Du jetzt wirklich zurücktrittst, dann nimmt Tante Adelheid die nächste Kutsche und ist schneller hier, als sich irgendeine von uns vorstellen kann."

Es kam nicht oft vor, dass Reimunde die Oberin mit ihrem Namen ansprach. Sie war die einzige, die das gelegentlich durfte. Wenn sie es dann tat, verfehlte es seine Wirkung nicht.

Seufzend und immer noch ziemlich beleidigt kehrte die Oberin an ihren Platz zurück. „Aber Schwester Ambivalenzia muss sich entschuldigen", forderte sie. Die Unruhestifterin sah trotzig auf ihre Füße. Sie nuschelte etwas, das wie „tumilei" klang und ergänzte leise: „Wenn man hier seine Meinung nicht mehr sagen und keine unbequemen Fragen stellen darf, können wir ja gleich zu den Kartäuserinnen gehen."

„Ich glaube, wir brauchen mal wieder eine Grundsatzdiskussion darüber, wie viel Freiheit wir uns leisten können, und wann wir uns in die Ordnung der heiligen Mutter Kirche einfügen müssen. Wer möchte dazu etwas vorbereiten?"

Wie erwartet, blieben alle Finger unten. „Na gut, vielleicht wird Adelheid von Hückeswagen Euch dazu etwas sagen, wenn sie demnächst zum Antrittsbesuch kommt." Henrike von Havixbeck hatte jetzt richtig schlechte Laune. Sie beendete kurzerhand die Versammlung und stapfte aus dem Raum.

Lernt Lieschen lesen?

Der August ging seinem Ende zu, mit ihm schwand auch die ungewöhnliche Hitze. Nachdem in den letzten Jahren die Sommer immer kälter und kürzer geworden waren, hatten die Menschen in der Stadt die lauen Nächte genossen, die heißen Tage aber hatten sie kaum ertragen. Die Spitäler waren voll und auch die Angst vor der schwarzen Pest war wieder in die Städte und Dörfer eingezogen. Die Beginen, von denen die meisten mit der Krankenpflege oder mit Bestattungen ihren Lebensunterhalt verdienten, hatten mehr als genug zu tun. Sie dachten nur noch selten an Tante Adelheid und die Gefahr, die ihrer Selbständigkeit drohte.

Jolanthe hatte Wort gehalten. Sie hatte den Beginenhof nur noch tagsüber und in Gesellschaft einer weiteren Begine verlassen, wie es die Regeln verlangten. Ohne ihre Zockerei war sie unausgeglichen und reizbar. Renitenta schlug ihr andere Spiele vor wie Schach oder das neue Gesellschaftsspiel „Haut den Luther", aber sie erntete jedes Mal nur ein knurriges „Ne Du, lass mal".

Erst als Maria Influenza anfing, wieder von ihrem alten Plan zu reden, eine Unterrichtsgruppe in Lesen und Schreiben für Mädchen zu gründen, hellte sich Jolanthes finstere Miene auf.

„He, Jolanthe, wo willst Du mit dem Bollerwaagen hin?" Renitenta hatte gerade noch rechtzeitig zur Seite springen können, als ihr Jolanthe mit dem alten Holzkarren entgegenkam.

„Ich will Schulfibeln und andere Lesebücher für das Mädchenprojekt sammeln. Vielleicht ergattere ich sogar noch irgendwo eine Tafel."

„Gemach, gemach! Wir haben doch noch gar nicht beschlossen, dass wir das Projekt machen. Soweit ich weiß, wollen wir morgen darüber sprechen."

„Jetzt geht das wieder los. Bis wir mit dem Gequatsche fertig sind, sind die Mädchen verheiratet und haben sieben Kinder. Dabei habe ich schon so einen schönen Namen für das Projekt. Willst Du mal hören?"

„Na, sag schon!" Renitenta wusste genau, dass Jolanthe nicht so schnell Ruhe geben würde.

„Lieschen lernt lesen. Gut, oder?"

„Ich weiß nicht so recht. Jetzt gehe ich erst mal zur Mutter Oberin und frage, ob ich Dich in die Stadt begleiten kann. Und Du wartest hier, verstanden?"

Die Oberin verdrehte die Augen und murmelte etwas, das wie eine Kombination aus Gebet und Fluchen klang. Dann schaute sie Renitenta eindringlich an. „Na gut, immer noch besser, als wenn sie hier mit ihrer Karfreitagsmiene rumläuft. Aber pass bitte auf, dass sie nicht allzu viel unnützes Zeug anschleppt!"

Beim Plenum am nächsten Abend stellte Jolanthe stolz die Ausbeute ihrer Spendenakquise vor. Neben zwei halben Schiefertafeln handelte es sich dabei um drei dicke Bücher mit der Aufschrift ‚Marktordnung der Stadt Essen‘, vier angeschlagene Teller und ein nicht sehr vertrauenswürdig aussehendes Nachtgeschirr."

„Ist doch gut, wenn die Mädels gleich die Marktordnung der Stadt kennenlernen, falls sie mal Krämerinnen werden wollen. Allerdings gibt es demnächst eine neue Marktordnung, deshalb hat der Stadtschreiber uns diese hier geschenkt." Jolanthe versuchte den Schwestern die Errungenschaften ihres spontanen Ausflugs in die Stadt anzupreisen. „Und essen müssen die Mädchen zwischendurch ja auch mal was, und das muss dann ja auch wieder raus."

Jetzt meldete sich Maria Influenza zu Wort. „Das Leselernprojekt für Mädchen ist mein Projekt, das hättest Du mit mir absprechen müssen!"

„Wieso mit Dir?" Jetzt war Roswitha auf dem Baum, und zwar ganz oben. „Das geht uns doch alle an. Wir haben überhaupt noch nicht entschieden, ob wir das als Gemeinschaft machen wollen. Und für welche Mädchen, und welche es macht. Und Du, Jolanthe, schleppst schon Pinkelpötte und anderen Müll ins Haus, ich glaub' es ja nicht."

Roswitha war nicht die einzige, die empört war. Auch Maria Exacta äußerte Bedenken. „Ich sehe schon die Bauern mit Mistgabeln hier vor der Tür stehen, weil wir ihren Töchtern und Mägden Flausen in den Kopf setzen. Haben wir nicht schon genug gegen Vorurteile und Anfeindungen zu kämpfen?"

Die Schwarzmondbrüder

Walther von der Bosebecke hatte die rechtschaffenen Männer gefunden, die mit ihm für die gute Sache kämpfen wollten. Schnell hatte sich herumgesprochen, dass er Mitstreiter gegen ‚das Verderben unserer Weiber‘ und für den Erhalt der ‚gottgegebenen Unterordnung des Weibes unter den Mann‘ suchte, und er musste nicht lange warten, bis er sein Häuflein entschlossener Recken beisammen hatte.

Die erste Zusammenkunft der neuen Bruderschaft fand im Hinterzimmer der „Grünen Kröte" statt. Der umsichtige Vizeküchenmeister hatte den Schwarzmond abgewartet, damit die wackeren Mannsleute, die gekommen waren, den gotteslästerlichen Bestrebungen einiger aufmüpfiger Weiber Einhalt zu gebieten, ihren Weg im Schutze der Dunkelheit machen konnten. Einige von ihnen waren brave Ehemänner, daran gewohnt, auf das zu hören, was ihre Frauen sagten. Aber dies hier war Männersache, und es war nicht nötig, dass ihre Frauen von dem neuen Geheimbund der Schwarzmondbrüder erfuhren. Sie hätten es wegen ihrer geringeren sittlichen Reife auch gar nicht verstanden, und am Ende hätten sie es wieder zum Anlass genommen, ihren ehelichen Pflichten nicht nachzukommen.

Ehrenwerte Männer waren da zusammengekommen, allerdings hatten die meisten von ihnen schon bessere Zeiten gesehen. Den beiden Handwerksmeistern waren die Frauen fortgelaufen, sie hatten sie wohl ein wenig zu oft gezüchtigt. Der Bierkutscher schien selbst sein bester Kunde zu sein, obwohl auch die fünf ausgedienten Soldaten, die sich jetzt als Tagelöhner durchschlugen, einem kräftigen Schluck nicht abgeneigt schienen.

Und dann war da noch dieser Pater, der einst als Beichtvater im Beginenhof ein und aus gegangen war.

Pater Grapschfinger hatten die Beginen ihn genannt, und schließlich hatten sie sich alle geweigert, bei ihm die Beichte abzulegen. Sie würden jetzt zur Beichte in den Dom gehen, hatte die Oberin ihm gesagt und sich so breit in das Tor gestellt, dass er nicht mehr hindurch kam. Er sei nicht mehr erwünscht, er wisse wohl, warum.

Der Pater bringt genug Hass auf die Beginen mit, dem muss ich nichts mehr erklären, dachte der Gründer und Hauptmann der Bruderschaft. Und auch die Handwerker waren zu jeder Schandtat bereit, vor allem, als sie erfuhren, dass die Beginen keine Steuern zahlen mussten. Dann war da noch der gut gekleidete junge Mann, ein Beamter vielleicht, er sprach nicht viel, hörte aber aufmerksam zu. Ein Abgesandter der Protestanten möglicherweise? Walther von der Bosebecke beschloss, den jungen Mann gut im Auge zu behalten.

Sie alle hörten mit zufriedenen Gesichtern zu, als er noch einmal erklärte, dass die Frau aus der Rippe des Mannes geschnitten worden sei, kein nennenswertes Gehirn hätte und anfällig wäre für die Sünde und die Versuchung durch den Teufel. Er sei sicher, dass die Beginen den Teufel in ihrem Hause beherbergten, deshalb ließen sie auch den Pater nicht mehr hinein, damit er nicht den Schwefelgeruch bemerke. Leider hätten sie außer den Eheweibern der beiden Handwerker auch die Fürstäbtissin mit ihrem Dunkelzauber verwirrt, so dass diese nicht erkenne, dass die schlechten Ernten und die Feuersbrünste, die die Stadt heimgesucht hatten, die Strafe für die fehlende Gottesfurcht dieser frechen Weiber sei. Die Schwarzmondbrüder, soweit sie noch nüchtern genug waren, zollten ihm Beifall, auch wenn einige nicht so aussahen, als hätten sie das alles verstanden.

„Wir werden jetzt also, meine Brüder, dafür sorgen, dass die Fürstäbtissin sich nicht länger schützend vor die Beginen stellt und diese ihre gerechte Strafe bekommen", schloss der Käseverwalter seinen Vortrag.

„Warum verprügeln wir sie nicht einfach oder schneiden ihnen die Kehlen durch?" fragte der Bierkutscher verständnislos. „Habt Geduld, Bruder, das kommt schon noch. Erst müssen wir dafür Sorge tragen, dass ihre Schlechtigkeit in der ganzen Stadt bekannt wird."

Und dann erklärte er seinen Plan. Als er fertig war, sah er hoch und suchte das Gesicht des jungen Mannes. Ob er wohl seine Zustimmung gefunden hatte?

Er suchte vergeblich. Der junge Mann, der wie ein Beamter aussah, war nicht mehr da. Er hatte gehört, was er hören musste, und war leise gegangen.

Tanz um den Beginenbrei

In der Küche traten sich die Beginen gegenseitig auf die Füße. Alle wollten helfen und so wurden die Teller zum Tisch und wieder zurückgetragen, Trinkbecher von rechts nach links und wieder von links nach rechts geschoben, und unzählige Male der Topfdeckel angehoben, bis Maria Influenza alle, die keinen Küchendienst hatten, schimpfend auf den Hof scheuchte.

Der Schwarzmondtag war der Tag, an dem die Beginen für die Armen kochten. Es waren lange Streitgespräche nötig gewesen, bis die Gemeinschaft sich geeinigt hatte, wo und wie die Essensausgabe stattfinden sollte. Einige fühlten so viel christliche Barmherzigkeit in sich, dass sie den zerlumpten Gestalten das Essen im eigenen Refektorium servieren wollten. Sie argumentierten damit, dass Jesus Christus auch ziemlich unappetitliche Füße gewaschen hätte.

„Diese schmutzigen Füße und der ganze dreckverkrustete Haufen kommen nicht in unser Haus, irgendwo ist Schluss. Außerdem fehlt dann hinterher die Hälfte von allem", knurrte Graziella.

„Wovon Dir jetzt schon die Hälfte fehlt, sind Demut und Barmherzigkeit!"

Wochenlang hatte das Thema jede Zusammenkunft beherrscht, dann schlug die Mutter Oberin einen Kompromiss vor. Ein großer Tisch mit Bänken wurde auf die Straße getragen, die vor dem Beginenhof zum Glück nicht allzu eng war, schön gedeckt, und die Gerstengrütze aufgetragen, als wäre es der Rat der Stadt, der zum Essen geladen worden war.

Die Begine Renitenta stand ein wenig abseits und schaute zu, wie die in Lumpen gehüllten Gäste sich um die Plätze am Tisch stritten. Das war jedes Mal so, aber irgendetwas war anders heute. Es gab so viele neue Gesichter, während andere vertraute fehlten.

Endlich öffnete sich das Tor, und Maria Influenza, Roswitha und Reimunde traten nacheinander mit dampfenden Schüsseln in den Händen hinaus, während die hungrige Meute vor Begeisterung johlte und schrie: „Hierher, barmherzige Schwester, bringt alles hierher!"

Die Schwestern klatschten mit großen Löffeln riesige Portionen Getreidegrütze auf die Blechteller. Allmählich wurde es ruhiger, nur ein leiser Klangteppich aus Schmatztönen und Rülpsern schwebte über dem Tisch.

Renitenta wartete darauf, dass sich die ersten Gäste vom Tisch erhoben und Plätze frei gaben für die anderen Elendsgestalten, die bereits gierig nach den Schüsseln schielten. Es war wie ein ungeschriebenes Gesetz, dass die, die ihren Bauch gefüllt hatten, Platz machten für andere. Heute zeigte das Gesetz keine Wirkung. Eine Gruppe von besonders schmutzigen Bettlern schien am Tisch festzukleben und rührte sich nicht von der Stelle.

Endlich kam Bewegung in die Gruppe. Einer der Bettler stand auf und bewegte sich mit ungelenken Bewegungen auf die Wartenden zu. Dabei geriet er ins Torkeln, fiel zu Boden und verdrehte Arme und Beine auf das Sonderbarste. Er lag kaum, da erhob sich der Nächste und begann direkt neben der Tafel einen sonderbaren Tanz aus wirren Sprüngen und Krämpfen aufzuführen. Ein Dritter und Vierter kam dazu, sie alle verdrehten die Augen und führten einen rechten Veitstanz auf. Der Fünfte schließlich kroch auf dem Boden herum und stieß unverständliche Laute aus.

Die Schwestern versuchten verzweifelt, die Zuckenden aufzurichten, reichten ihnen Wasser und redeten ihnen gut zu. Renitenta eilte ins Haus, um von den Notfalltropfen zu holen, die die Beginen aus eigenen Kräuterauszügen und einigen streng geheim gehaltenen Zutaten selbst herstellten.

Als sie zurückkam, war der Platz vor dem Beginenhof leer. Nur der Tisch, ein paar umgekippte Bänke, einige halb volle Teller und ein halbes Dutzend fassungslose Beginenschwestern waren noch da.

Der gut gekleidete junge Mann, der im Schatten eines großen Baumes die bizarre Szene beobachtet hatte, war auch noch da. Hätte Renitenta den Kopf nur wenige Zentimeter höher gehoben, hätte sie ihn sehen müssen. Aber Renitenta sah den Mann nicht, auch nicht, als er sich langsam entfernte.

DER BÜRGERMEISTER VON ESSEN

Walther von der Bosebecke strich sich zufrieden über sein fliehendes Kinn. In der letzten Nacht, als der Schlaf nicht wie gewohnt zu ihm kommen wollte, war er von Zweifeln geplagt worden, ob die Schwarzmondbrüder in der Lage sein würden, eine derart heikle Aufgabe zu meistern. Was ihm die Brüder beim Treffen in der „Grünen Kröte" von den Geschehnissen bei den Beginen berichtet hatten, bestärkte ihn in der Überzeugung, dass er auf dem richtigen Weg mit den richtigen Gefolgsleuten war.

„Ruht euch aus und trinkt einen Humpen Bier auf meine Rechnung. Gegessen habt ihr ja schon." Er lachte schallend über seinen Witz.

„Ich muss noch einiges vorbereiten für den zweiten Teil unseres großen Plans! Wartet hier auf mich. Aber betrinkt Euch nicht allzu sehr."

Geschäftig eilte der Käsemeister davon. Alles lief nach seinem Wunsch. Er lenkte seine Schritte zum Kontor des Gottfried Egbert Overbeck. Der Kaufmann handelte mit fast allen Gütern, die es gab, und hatte es zu einem ansehnlichen Vermögen gebracht. Nun war er auf der Suche nach einem Grundstück für ein größeres Haus mit besseren Lagermöglichkeiten. Es gab in der Stadt ein Haus mit einem großen Gartengrundstück, das ihm so gut gefiel wie kein anderes. Das Haus würde er natürlich abreißen müssen, um ein größeres, prächtiges an seiner Stelle zu errichten. Das war für den reichen Pfeffersack kein Problem, wohl aber die Hartnäckigkeit, mit der die Fürstäbtissin, zu deren Besitz das Grundstück gehörte, sich weigerte, es ihm zu verkaufen. Er hatte ihr ein mehr als großzügiges Angebot gemacht, aber sie hatte abgelehnt mit der Begründung, dass sie nicht wolle, dass die dort lebenden Beginenschwestern ihr Zuhause verlören.

Der Mann, den sie Käsebeck nannten, und der seine Ohren überall hatte, hatte die Verhandlungen mit Interesse verfolgt. Jetzt stand er etwas zögerlich vor dem prachtvollen Stadthaus des Kaufmannes. Er gab sich einen Ruck und zog an der Glocke. Ein hochnäsiger Diener öffnete ihm und forderte ihn auf zu warten, bis sein Herr eine wichtige Verhandlung abgeschlossen habe.

„Warte nur, bis Du mein Angebot gehört hast, dann bist Du es, der auf mich wartet", dachte der 4. Vizeküchenmeister. Endlich wurde er eingelassen. Der beleibte Kaufmann saß mit gelangweilter Miene in einem reich geschnitzten Lehnstuhl und winkte ihn heran. „Was kann ich für Euch tun, Herr von der Bosebecke?"

„Fragt lieber, was ich für Euch tun kann. Dann würde ich antworten, dass ich dafür sorgen kann, dass Ihr ein bestimmtes Grundstück bekommt, das Euch die Fürstäbtissin bisher nicht verkaufen wollte."

„Ich frage Euch besser nicht, wie Ihr das bewerkstelligen wollt. Nennt Euren Preis, ich werde mich nicht lumpen lassen!"

Der Käsezähler der Fürstäbtissin lächelte mit schmalen Lippen. „Es geht mir nicht um Geld, ich habe genug davon. Aber Ihr seid ein einflussreicher Mann und wie ich hörte, wiegt Eure Stimme schwer, wenn es um den Rat der Stadt Essen geht."

„Ihr wollt Ratsherr werden?" Der Kaufmann schaute den unangenehmen Besucher ungläubig an und schnäuzte sich umständlich in ein riesiges Schnupftuch. Dabei dachte er darüber nach, wie er den Käsegeruch in seinem Kontor wieder loswerden könnte.

„Nein", sagte der Besucher ruhig, „Bürgermeister. Ich will Bürgermeister werden."

Der ist verrückt und ich werde dafür sorgen, dass er niemals Bürgermeister oder auch nur Ratsmitglied wird, dachte Overbeck. Dann stopfte er sein Tuch in die Westentasche. Freundlich wandte er sich seinem Gast zu: „Einverstanden. Besorgt mir das Grundstück der Beginen, und ich mache Euch zum Bürgermeister von Essen".

Walther von der Bosebecke hätte jubeln können vor Glück. Bald würde er ein mächtiger Mann sein und der Fürstäbtissin zeigen, dass ihr Stern zum Untergang bestimmt war. Eine aufstrebende Stadt mit einer zunehmend bedeutenden Position im Waffenhandel konnte doch nicht unter der Knute einer Frau verkümmern. Er, der viel verspottete Käsebeck, würde die Stadt zu der Bedeutung führen, die ihr zustand. Seine beiden ersten Dekrete standen bereits fest. Zuerst würde er die Beginengemeinschaften auflösen und verbieten, gleich danach würde er die Herstellung von Käse unter Strafe stellen.

Beim Hinausgehen drehte sich der zukünftige Bürgermeister noch einmal um. „Sagt, gehört zu Eurem Sortiment auch Papier? Ich bräuchte da ein paar Bögen".

Overbeck zuckte mit den Schultern. „Vor ein paar Tagen hat der Stadtschreiber alles aufgekauft, was noch da war. Eine hervorragende Qualität. Ich warte auf die neue Lieferung. Aber stattet ihm doch einen Besuch in seiner Schreibstube im Rathaus ab, als Bürgermeister müsst Ihr den Stadtschreiber ohnehin kennenlernen. Vielleicht tritt er Euch ein paar Bögen ab."

Viele Köchinnen verderben den Brei

Im Beginenhof flossen die Tränen. Maria Influenza, die für die Küche verantwortlich war, konnte gar nicht aufhören zu weinen. „Ich bin eine Mörderin, eine Massenmörderin bin ich!" schluchzte sie ununterbrochen.

„Nun hör doch mal auf, die Leichen konnten alle noch wegrennen, dann kann es so schlimm nicht gewesen sein!", versuchte Renitenta sie zu trösten.

„Bist Du sicher, dass kein Mutterkorn im Getreide war?", befragte Maria Exacta die Unglückliche.

„Ich hab das Getreide so gründlich gewaschen und verlesen, das kann gar nicht sein." Immerhin hatte Maria Influenza jetzt aufgehört zu weinen.

„Ich meine ja, wenn wir uns entscheiden würden, konsequent ohne Tierisches zu leben, würde so etwas nicht passieren. Aua, Renitenta, warum trittst Du mich denn?" Renitenta war sich gerade nicht ganz sicher, ob sie wirklich mit der taktlosen Jolanthe befreundet sein wollte.

„Hast Du vielleicht von dem neuen schmalblättrigen Kräutlein reingetan, das ich ganz hinten im Garten angepflanzt habe?", wollte Klara wissen. „Neues Kräutlein, wieso weiß ich nichts davon?" giftete die Begine Roswitha sofort los. „Weil Du beim letzten Streit um den richtigen Beerendünger von Deinem Amt als Gartenmeisterin zurückgetreten bist, schon vergessen?", giftete Klara zurück.

Renitenta beschloss, der Sache auf den Grund zu gehen. Sie nahm sich einen Teller und tat sich eine ordentliche Portion Gerstengrütze auf.

„Um Himmels Willen, Renitenta, was machst Du da?" riefen die Beginen wie aus einem Mund. „Ich riskiere mein Leben im Dienste der Wahrheitsfindung", nuschelte die Angesprochene mit vollem Mund. „Eins kann ich Euch schon mal sagen, Salzmangel war nicht das Problem!" Sie verzog das Gesicht. „Aber ob ein versalzener Brei zu solchen Verrenkungen führt? Wir werden es ja gleich sehen!"

Eine halbe Stunde verging, und Renitenta saß noch immer ohne das geringste Zucken auf ihrem Platz. Als sie endlich fragte: „Könnte ich wohl einen großen Becher Wasser haben?", löste sich die Spannung im Raum. Schwester Maria Influenza, die sich kurz zuvor noch des Massenmordes schuldig gefühlt hatte, strahlte ihre Beginenschwestern glücklich an: „Ich hab es doch gewusst, an meinem Brei war nichts!" „Nichts stimmt nun auch wieder nicht". Renitenta nahm noch einen großen Schluck Wasser. „Heiliger Strohsack, das macht vielleicht durstig!"

„Dann können wir ja jetzt mit dem Aufräumen anfangen. Hier sieht es aus, als wäre eine Schwadron Kreuzritter auf dem Weg ins Heilige Land durchgaloppiert." Maria Exacta zündete das Feuer im Herd an, um Wasser zum Spülen heiß zu machen. Renitenta und Graziella schleppten Tisch und Bänke ins Haus zurück, Klara schwang den Besen. So war es meistens bei den Beginen, jede wusste, was sie zu tun hatte, und tat es auch.

Die Frauen waren fast fertig mit dem Aufräumen, als ein lautes Klopfen am Hoftor sie aufschreckte. Sie schauten sich an und waren sich ohne Worte einig, heute würden sie das Tor nicht mehr öffnen. Es war genug passiert für einen Tag.

„Öffnet sofort das Tor, sonst machen wir Feuerholz daraus!" Das Klopfen wurde lauter und drängender. Die Stimmen, die es begleiteten, gehörten zu kräftigen Männern. Widerwillig machte die Mutter Oberin sich auf den Weg zum Tor und öffnete es vorsichtig.

Draußen stand der Hauptmann der Stadtwache, begleitet von dreien seiner Büttel. Sie trugen Hellebarden und in ihren Gesichtern lag eine unfreundliche Entschlossenheit.

„Gegen Euch wurde Anzeige erstattet wegen des Versuches, unschuldige Menschen mit verhextem Brei zu vergiften. Und es liegt eine weitere Anzeige wegen verbotenem Glücksspiel mit verzauberten Würfeln vor. Welche von Euch ist die Köchin und welche die Spielerin?"

Es folgte ein Moment tiefen Schweigens, keine der Beginen schien zu atmen. Dann, wie auf ein geheimes Kommando, begannen sie alle durcheinander zu sprechen: „Ich bin die Köchin!" „Nein, Du bist die Spielerin." „Unsinn, ich bin die Spielerin." „Und ich bin die Köchin." „Ich auch!" „Und ich erst!" „Ich bin beides, spielende Köchin und kochende Spielerin."

„Jetzt weiß ich auch, warum es heißt, viele Köche verderben den Brei", brummte der Hauptmann. „Köchinnen!", wies ihn Ambivalenzia zurecht. „Bei uns muss es dann wohl Köchinnen heißen".

Dem Stadthauptmann blieb der Mund offen stehen und auf seiner Stirn erschien eine steile Falte. Er gab seinen Bütteln ein Zeichen. „Nehmt sie alle mit, die schlauen Frauen!" Dann richtete er das Wort an die Beginen: „Wenn Ihr mich gemeinsam zum Narren halten könnt, könnt Ihr auch gemeinsam in den Kerker gehen. Am Montag werdet Ihr vor dem Rat der Stadt Rede und Antwort stehen müssen, er wird über Euch Gericht halten. Dann werden Euch die Späße schon vergehen."

Angetrieben von den groben Kommandos der Büttel und den scharfen Spitzen der Hellebarden machten sich die Beginen auf den Weg zum Stadtgefängnis. Als der

Beginenhof gerade außer Sicht war, flüsterte Jolanthe der mit gesenktem Kopf neben ihr her schlurfenden Klara zu: „Wo ist eigentlich Renitenta?"

Renitenta allein zu Haus

Renitenta war noch nie alleine im Beginenhof gewesen. Für einen kleinen Moment überkam sie eine freudige Aufregung. Sie hatte jetzt die Möglichkeit, in alle Kammern, Lager und Keller zu gehen, ohne dass eine der Schwestern sie fragte, was sie suche oder ob sie ihr helfen könne.

Die Freude dauerte nicht lange an, bald schon wich sie einer tiefen Betrübnis. Allzu genau sah sie noch vor sich, wie ihre Beginenschwestern gemeinsam abgeführt, mit Hellebarden geschubst und von derben Männerstimmen beschimpft wurden. Alle Beginen waren gemeinsam diesen schweren Weg gegangen, alle bis auf sie.

Es war die Jungfrau Maria, die dafür gesorgt hatte, dass Renitenta nicht mit den anderen Beginen im Kerker saß. Als die Beginenschwestern von den Bütteln abgeführt wurden, war es ihr für einen winzigen Moment so vorgekommen, als spräche eine Frauenstimme von weit her zu ihr: „Versteck Dich, sie dürfen Dich nicht mitnehmen! Eine muss in Freiheit bleiben, um den anderen zu helfen." Renitenta hatte sofort getan, was ihr gesagt wurde und war in die große Truhe im Schreibzimmer geklettert.

Nachdem die Beginen abgeführt worden waren, wartete sie noch eine ganze Weile, bis sie sich aus dem Versteck traute. Bis auf eine kraftlose Fackel in der Küche war das Haus dunkel. Auch vom mondlosen Himmel kam kein Licht.

„Heilige Jungfrau, was soll ich bloß tun?" Die gnadenvolle Mutter hatte sie noch nie im Stich gelassen. Auch jetzt schien ihre freundliche Stimme zu der verlorenen Seele im dunklen Beginenhaus zu sprechen. „Leg Dich schlafen, Renitenta, es war ein langer Tag und morgen wird viel von Dir verlangt werden", so lautete die Botschaft, die die einsame Begine tröstete.

Aber der Schlaf wollte nicht kommen. Renitenta lag auf dem vertrauten Strohsack und lauschte in die beunruhigende Stille. Wo war Reimundes gleichmäßiges Schnarchen, wo blieb Jolanthes trockener Husten, warum murmelte Graziella nicht geheimnisvoll im Traum? Nur ein gelegentliches Knacken im Gebälk, ein Hundebellen in der Ferne war zu hören. Renitenta hätte gerne in ihr Tagebuch geschrieben, aber das kümmerliche Licht reichte dazu nicht aus.

Seufzend stand sie noch einmal auf und ging in die Küche. Hinter den Schüsseln und Kännchen im Schrank fand sie, was sie suchte. Sie nahm einen kräftigen Schluck aus Reimundes Wunderfläschchen, dann noch einen, und zur Sicherheit noch einen dritten. Dann wankte sie in den Schlafsaal zurück und fiel in einen tiefen, unruhigen Schlaf.

Sie träumte, dass sie zur Fürstäbtissin gerufen wurde und sah die Ehrwürdige Mutter an einem fein gearbeiteten Schreibpult stehen. Sie schrieb mit der Feder auf einen Bogen Papier, daneben lagen etliche bereits beschriebene Blätter. Sie lächelte Renitenta an. „Ich arbeite seit langem an einem Buch, der Titel ist ,Über die Vielfalt der Frauen und die Einfalt der Männer'. Vermutlich werde ich niemals jemanden finden, der es druckt und das ist wahrscheinlich auch besser für mich. Aber es drängt mich so sehr, meine Gedanken aufzuschreiben. Kennt Ihr das, Frau Begine?"

Renitenta wollte ihr gerade berichten, wie gut sie das kannte, da weckten sie Glöckchen und Gesang. Ein Beerdigungszug zog endlos am Beginenhof vorbei, es musste sich um eine gut betuchte oder sehr beliebte Persönlichkeit handeln. Oder war doch noch jemand an der Grütze gestorben und das empörte Bettlervolk begleitete ihn auf seinem letzten Weg?

Die Sonne stand schon im Südosten, es wurde Zeit, den Tag zu beginnen. Für Gebet und Waschen blieb nur wenig Zeit. Renitenta dachte an die Schwestern im Gefängnis. Wie hatten sie wohl die Nacht überstanden? Ob sie genug Wasser zum Waschen bekommen hatten?

„Und jetzt, schmerzensreiche Mutter?" Renitenta schaute erwartungsvoll zu dem kleinen Marienbild über der Eingangstür. Plötzlich fiel ihr der Traum wieder ein. Die Fürstäbtissin war darin recht umgänglich gewesen. Sie hatten sogar eine gemeinsame Leidenschaft entdeckt: das Schreiben.

Außerdem gehörte die Bestrafung unbotmäßiger Beginen zu den Obliegenheiten der Stiftsherrin. Renitenta wusste um die ständigen Machtkämpfe zwischen der katholischen Fürstin und den aufstrebenden Stadtbürgern, von denen nicht wenige mit dem Protestantismus liebäugelten.

Die Ehrwürdige Mutter würde sich bestimmt von den Stadträten nicht noch weiter in ihren Rechten zurückdrängen lassen. Sie würde die sofortige Herausgabe der Gefangenen fordern. Ein Zuckerschlecken würde es für die Beginen auch dann nicht werden, die Belehrungen und Strafen der Fürstäbtissin waren gefürchtet.

Renitenta blickte das Marienbild noch einmal prüfend an. „Du willst also tatsächlich, dass ich zur Fürstin gehe?"

Die heilige Jungfrau widersprach nicht. Renitenta versorgte das Haus, so gut es ging, fütterte die Hühner und machte sich auf den Weg.

Beginen im Kerker

Es hatte eine Weile gedauert, bis die Beginen sich von dem Schrecken erholt hatten, den ihnen der Stadthauptmann mit seinen Bütteln eingejagt hatte. Zuerst trotteten sie neben den Männern her wie Schafe, die zur Schlachtbank geführt wurden. Dann schien sich die Begine Klara daran zu erinnern, dass eine Begine beide Füße auf der Erde und eine Hand im Himmel haben sollte, streckte sich plötzlich kerzengerade und stimmte das Kyrie Eleison an. Es dauerte keine Minute, da war aus einem Häuflein armer Sünderinnen, die ihrer Strafe zugeführt werden, eine inbrünstige und selbstbewusste Prozession geworden, die von einigen Wachsoldaten begleitet und beschützt wurde. Reimunde ließ anschließend Maria durch den Dornwald gehen, und als ihnen kurz vor dem Gefängnis nichts mehr einfiel, stimmte Jolanthe trotz des Stirnrunzelns der Meisterin „Wem Gott will rechte Gunst erweisen…" an.

So erreichten sie das Stadtgefängnis aufrecht und zuversichtlich. Als der Büttel die Kerkerzelle für Frauen aufschloss, fuhren zwölf Hände wie in einer Bewegung an zwölf Nasen, um sie zuzuhalten. Es stank nach allen Ausscheidungen, zu denen der Mensch fähig ist.

Dunkelheit verbarg den größten Teil des Raumes, nur aus einem kleinen Fenster ganz weit oben fiel etwas Licht auf den Unrat, der überall am Boden lag.

Jolanthe trommelte gegen die schwere Tür, die sich längst hinter ihnen geschlossen hatte. „Einen Putzeimer", hörte man sie schreien. „Wir brauchen einen Putzeimer, aber sofort!" Graziella ergänzte: „Mit viel Wasser, wenn's geht, warm!" und Reimunde fügte hinzu: „Und bitte ein großes Stück Seife!"

Zunächst passierte gar nichts. Sie hörten die Wache lachen und sich unterhalten. Nach einigen Minuten begann Jolanthe vor sich hin zu rufen, die anderen Frauen schlossen sich an, im Sprechchor wiederholten sie unzählige Male den Satz: „Wir wollen putzen, wir wollen putzen!"

„Das hätte ich mir auch nicht träumen lassen, dass ich einmal solche Forderungen stellen würde", brummelte die Begine Ambivalenzia zwischen den Rufen.

„Hier könnt Ihr schreien, so lange Ihr wollt", meldete sich plötzlich eine unbekannte Stimme. Das war keine von ihnen. In einer Ecke des Kerkerraumes hockte eine Gestalt. Erst jetzt, nachdem sich ihre Augen an die Dunkelheit gewöhnt hatten, konnten die Beginen sie sehen. Es war eine Frau, mit verfilztem langen Haar und einem fast zahnlosen Mund.

„Was habt Ihr Betschwestern Euch denn zuschulden kommen lassen? Habt Ihr dem Heiland die Dornenkrone geklaut?" Ein Kichern, gefolgt von einem erbarmungswürdigen Husten, kam aus der Gestalt.

„Wir haben niemandem etwas angetan. Dennoch werden wir beschuldigt, arme Menschen mit unseren Speisen vergiftet zu haben."

„Schlimmer als der Fraß hier kann es nicht gewesen sein. Und warum solltet Ihr die Armen vergiften? Die sterben doch ganz von allein wie die Fliegen."

„Was gibt es denn hier so zu essen?" fragte Graziella vorsichtig.

„Wenn Ihr Glück habt, Wasser und Brot. Das wird auch das einzige Wasser sein, das Ihr hier bekommt. Es sei denn, sie schleppen Euch zur Wasserprobe. Aber das wünscht Euch lieber nicht."

„Und was habt Ihr getan, dass Ihr hier schmachten müsst?" wollte Elisabeth wissen.

„Einen fetten Braten geklaut. Zum Glück habe ich ihn ganz aufgefressen, bevor sie mich geholt haben. Diesmal wird es mich wohl eine Hand kosten."

Ein langes betretenes Schweigen folgte. Die Mutter Oberin riet den Schwestern, dass sie versuchen sollten zu schlafen oder zu beten.

Das Schlafen gelang den wenigsten. Bis in die Morgenstunden konnte man es im Frauenkerker murmeln hören. Und als die Mutter Oberin genauer hinhörte, bemerkte sie, dass es nicht nur Gebete waren, die da gemurmelt wurden.

Die Schwestern schilderten einander in aller Ausführlichkeit, was sie alles kochen und backen würden, wenn sie wieder zu Hause wären.

Die Krone der Erschöpfung

Im Hinterzimmer der „Grünen Kröte" herrschte kein Mangel an nahrhaften Speisen. Käselaibe, Würste und klobige Brote lagen auf den Tischen, und unzählige Humpen mit dunklem Bier wurden hereingetragen.

Die Schwarzmondbrüder feierten den Erfolg ihrer ersten Aktion zur „Wiederherstellung der gottgegebenen Unterordnung des Weibes unter den Mann". Dem Ansehen der Beginen war großer Schaden zugefügt worden, ihre Vertreibung konnte beginnen. Es war nur noch eine Frage der Zeit, bis sie von den Straßen der Stadt verschwunden wären.

Wieder und wieder mussten die ausgemusterten Soldaten erzählen, wie sie sich vor dem Beginenhof gewunden und verdreht hatten. Der jüngste von ihnen schob gar einen Tisch beiseite und führte unter großem Gelächter seinen „Veitstanz" vor.

Der Hauptmann in der Stadtwache sei zunächst ungläubig gewesen, als sie dort auftauchten, um ihre Anzeige zu erstatten. Also hätten sie auch hier mit Würgen und Augenverdrehen die Vergifteten gespielt. Der Hauptmann sei darauf sehr schnell mit seinen Bütteln ausgerückt, um die Beschuldigten festzunehmen, wohl auch, weil er Angst hatte, dass sich die Männer in der Wachstube übergeben.

Zudem hatte der Bierkutscher eine Anzeige wegen betrügerischen Glücksspiels gegen eine noch nicht namentlich bekannte Begine erstattet. Mit Mühe hatte er sich den Wortlaut gemerkt, den Walther von der Bosebecke ihm einige Male vorgesprochen hatte. Inzwischen hatte er seine große Tat reichlich begossen und hing nur noch mit einer halben Hinterbacke auf dem Stuhl. Mit letzter Kraft hielt er sich dort und lallte: „…und der Mann ist doch die Krone der Erschöpfung."

Die beiden Handwerksmeister hatten das Gespräch über die Undankbarkeit ihrer Frauen unterbrochen und lauschten wie gebannt dem jungen Mann, den der Käseverwalter immer noch für einen Spitzel der Lutheraner hielt. Weitere Schwarzmondbrüder gesellten sich dazu, während der wortgewandte Redner erläuterte, dass die Vertreibung aus dem Paradies kein Unglücksfall, sondern das Ergebnis eines arglistigen Planes von Eva war, der es im Paradies zu langweilig geworden war.

„Ihr kennt ja die Weiber, sie wollen schöne Kleider tragen und nicht nackt herumlaufen, auch gehen sie schrecklich gern auf den Markt und kaufen ein. Aber Einkaufen gab es im Paradies nicht, und auch kein Schwätzchen mit der Nachbarin. Höchstens so eine arme alte Schlange kam mal vorbei und kriegte dann alles, was Eva verbockt hatte, in die Schuhe geschoben. Eva wollte da weg, und da hat sie den Herrgott provoziert, wie es die Weiber auch heute noch gerne machen, und gekriegt, was sie wollte. Und der arme Adam musste mit, ob er wollte oder nicht"!

Die Schwarzmondbrüder waren beeindruckt von dieser Darlegung und spendeten reichlich Beifall. „Am schlimmsten aber sind die Beginen. Sie tun, als wären sie die frömmsten unter den Frommen. Aber sie verachten die Tugend des Gehorsams und tun nur, was sie wollen. Genusssüchtig sind sie auch, sie hätten den Apfel vom Baum der Erkenntnis sofort zur Apfelkuchen verarbeitet und noch mitten in der Vertreibung geschrien, wo die Sahne bleibt. Wer weiß, wohin wir ihretwegen noch vertrieben werden? Am Ende müssen wir noch nach Gelsenkirchen oder Bottrop!"

Die Zuhörer waren bei den letzten Worten ganz bleich geworden, Walther von der Bosebecke nickte anerkennend. Der Junge war ein talentierter Redner.

Vielleicht doch kein Lutheraner, sondern ein Gesandter des neuen Ordens der Jesuiten, von deren Bildung er vor kurzem gehört hatte. Vielleicht sollte er ihn zu seinem persönlichen Sekretär machen. Bald würde er Bürgermeister von Essen sein und die Stadt auf den rechten Weg zurückbringen. Dabei konnte er einen schlauen Fuchs wie diesen sicherlich brauchen.

Vor seinem inneren Auge sah er sich mit einer schweren Bürgermeisterkette um den Hals am Kopfende eines großen Tisches sitzen. Um ihn herum saßen ehrbare Männer, die ihm aufmerksam und bewundernd zuhörten.

Bevor er sich schönen Träumen hingeben konnte, musste er noch den letzten Teil seines genialen Planes in die Tat umsetzen. Und dazu brauchte er Hilfe. Der gebildete Fremde war genau der Richtige dafür.

Der 4. Vizeküchenmeister drehte sich um, er wollte seinem künftigen Mitarbeiter die Aufgabe erklären, die er ihm zugedacht hatte. Aber der Platz, an dem dieser gerade noch gesessen hatte, war leer. Der Redner hatte sich schon auf den Weg gemacht. Er hatte bereits einen Auftrag zu erfüllen.

DIE EINLADUNG

Über der Stadt lag eine feierliche Sonntagsruhe, die letzten Kirchgänger schritten zum mahnenden Klang der Glocken zügig, aber nicht allzu hastig durch die engen Straßen, um noch rechtzeitig zur Heiligen Messe den Dom, die Marktkirche oder eine der anderen Stadtkirchen zu erreichen.

Trotz dieser friedlichen Stimmung war es Renitenta schwer ums Herz, und ihre Füße fanden den Weg nur langsam. In den letzten beiden Jahren war sie so gut wie nie alleine durch die Stadt gegangen, mindestens zu zweit mussten die Beginen sein, wenn sie den Beginenhof verließen, so wollte es das Regelwerk. Die Begine hatte sich in dieser Zeit so oft an Regeln gehalten wie nie zuvor. Die Meisterin war eine kluge und gerechte Frau, deshalb fiel es ihr meistens nicht schwer, auf sie zu hören.

Und jetzt war sie, die kleine Begine Renitenta von Holsterhausen, auf dem Weg zur mächtigen Fürstäbtissin, um für die Schwestern um Hilfe zu bitten. Ob sie überhaupt vorgelassen würde?

Vor der Marktkirche stand eine aufgeregte Menschenmenge. Warum waren die Leute nicht in der Kirche, die Heilige Messe musste schon angefangen haben? Als Renitenta sich der Kirche näherte, erkannte sie einen rechteckigen, weißen Fleck auf der Tür. Ein Anschlag mit neuen Thesen vielleicht?

Dann geschah etwas Sonderbares. Die Menge verlor das Interesse an dem Plakat, alle drehten sich um und zeigten auf sie. Als sie näher kam, konnte sie die aufgeregten Stimmen unterscheiden und einzelne Sätze verstehen.

„Gut so, Frau Begine, so viel Verstand hätte ich Euch gar nicht zugetraut!" „Treuloses Pack! Hat Euch die

Heilige Mutter Kirche nicht immer gut behandelt?"

„Bravo, wir werden alle da sein!"

Renitenta war endlich bei dem Plakat angekommen. „Einladung", stand da in großer Schrift. Und darunter folgte etwas kleiner: „zum ersten protestantischen Gottesdienst in Essen in der Kapelle des Begienenkonvents am Pferdemarkt am XVIII. Sonntag nach Trinitatis".

Inzwischen waren die Kirchgänger in der Marktkirche verschwunden. Renitenta tauchte ganz langsam wie aus einem Nebel auf. Ihre Knie waren weich, das Blut rauschte in ihren Ohren. Sie las das Plakat noch einmal und dann noch einmal. Das war doch unmöglich! Augenblicklich fielen ihr die Diskussionen der letzten Zeit ein, in denen Maria Exacta nicht aufgehört hatte, diesen Luther zu zitieren und die Schwestern aufzufordern, doch wenigstens mal eine Predigt von ihm anzuhören.

Dieses verdammte Luder! An der Beginengemeinschaft vorbei eine so heikle Einladung auszusprechen, das war gegen alle Regeln. Renitenta fielen etliche Fälle ein, wo Maria Exacta die Gemeinschaft vor vollendete Tatsachen gestellt hatte. In der Versammlung hatte sich dann immer keine getraut, etwas zu sagen, aber später wurde in kleinen Grüppchen darüber hergezogen.

Aber was Maria Exacta jetzt getan hatte, das übertraf alles, was sie sich je erlaubt hatte. Noch dazu hatte sie Beginenhof falsch geschrieben, wie peinlich. Vielleicht müsste die Gemeinschaft doch noch einmal die Diskussion über Regeln und Sanktionen aufnehmen, die bis jetzt immer so unbefriedigend im Sande verlaufen war. Wenn die Gemeinschaft denn überhaupt noch einmal Gelegenheit zu einer Diskussion haben würde.

Eine Stimme riss Renitenta aus ihren Gedanken. „Das ist wirklich sehr mutig von Euch, gleich die ganze Stadt mit Eurer Meinung vertraut zu machen, hoffentlich zahlt Ihr keinen zu hohen Preis dafür!" Ein alter Mann stand neben ihr, er schaute sie prüfend an. Renitenta erschrak, plötzlich wurde ihr klar, dass dies wahrscheinlich nicht das einzige Plakat war. „Gibt es noch mehr davon?" flüsterte sie. „Das will ich wohl meinen!", antwortete der Alte. „Fleißig seid Ihr ja. Die ganze Stadt ist voll damit. Aber das müsstet Ihr doch wissen! Oder gehört Ihr nicht zu den Pferdemarkt-Beginen?"

Für einen Moment geriet Renitenta in Versuchung, einfach nein zu sagen. Nein, ich gehöre nicht zu denen. Fertig. Aber es ging nicht. „Doch, doch, ich gehöre dazu." Mit diesen Worten riss sie entschlossen die Einladung ab und machte sich auf den Weg, um auch die anderen Plakate einzukassieren.

Wann hatte Maria Exacta die alle aufgehängt? Sicher, der Tag der Armenspeisung war gut geeignet, um zwischendurch zu verschwinden, weil dann immer alle in der Küche sein wollten und sich gegenseitig im Weg standen. Das Wort ‚Armenspeisung' war allerdings streng verpönt, nach mehrstündiger Debatte hatte man sich auf „Bewirtung hungriger Nachbarn" geeinigt.

Doch das war jetzt nicht wichtig, wichtiger war die Frage: Hatte Maria Exacta das alles alleine gemacht oder hatte sie heimliche Unterstützerinnen unter den Schwestern?

So sehr Renitenta auch Ausschau hielt, sie fand keinen weiteren Aushang. Nur ein Paar Papierreste, die der Leim nicht frei gegeben hatte, deuteten darauf hin, dass der Alte recht gehabt hatte. Es mussten noch mehr Plakate da gewesen sein, anscheinend hatte sich schon jemand die Mühe gemacht und sie eingesammelt.

Bei diesem Gedanken durchfuhr sie der nächste Schreck. Woher kam all das teure Papier? Renitenta sah plötzlich Jolanthe vor sich, wie sie bei der Rückkehr von einer ihrer Spendenaktionen für das neue Leseprojekt triumphierend einen Packen feinstes Papier hochhob. War Jolanthe etwa auch an diesem schwachsinnigen Komplott beteiligt?

Renitenta fühlte sich plötzlich mutterseelenallein. Sie setzte sich auf eine alte Kiste, die irgendjemand stehen gelassen hatte. Was war das für eine Gemeinschaft, zu der sie sich seit zwei Jahren zugehörig fühlte? Was wusste sie tatsächlich von den Frauen, mit denen sie arbeitete, betete, aß und träumte? War das alles eine große Lüge, noch größer als die Lügen ihres Vaters, wenn er behauptet hatte, dass er nie wieder trinken würde? Und hatte sie das alles nicht bemerkt, weil sie es nicht wissen wollte?

Die verzweifelte Begine war so eingesponnen in ihre finsteren Gedanken, dass sie nicht bemerkte, dass sich jemand neben sie gesetzt hatte. „Sei immer wach und aufmerksam, aber hüte Dich vor dem Misstrauen", sagte eine Stimme dicht neben ihr. Renitenta erkannte die Stimme sofort. Sie erkannte auch den Mann, der ihr gerade ins Gesicht blickte und einen Finger auf seine Lippen legte. Das letzte Mal, als sie ihn gesehen hatte, saß er in einem Badezuber und wusch zwei runde Brüste.

DER SPÄHER

Sybille von Montfors-Rothenfels haderte wieder einmal mit ihrem Schicksal. Es war viele Jahre her, dass sie ihre geliebte bayerische Heimat verlassen hatte, um in einer Stadt im grauen sumpfigen Norden ein Amt anzutreten, dass ihr viel Macht, aber noch viel mehr Scherereien eingebracht hatte. Es gab immer noch Tage, an denen das Heimweh sie plagte wie eine zehrende Krankheit. Heute war so ein Tag.

Die Fürstäbtissin wusste ganz genau, dass sie nur wenigen ihrer Beamten und Bediensteten vertrauen konnte. An Diebstahl und Betrug hatte sie sich gewöhnt. Wenn nicht gerade jemand übertrieb und ihr zu sehr auf der Nase herumtanzte, griff sie wenig ein, öffentliches Handabhacken oder Aufknüpfen waren ihr zuwider.

Aber seit einiger Zeit mehrten sich Hinweise, dass es nicht nur um den Diebstahl von Wurst, Käse und Getreide ging. Die Stadtväter hätten sie gerne nach Bayern zurück geschickt, die Reformation setzte sich fest und gewann immer mehr an Boden, und unter den Stiftsdamen waren mehr Missgünstige, als man unter frommen Frauen vermutet hätte. Sybille von Montfors-Rothenfels brauchte dringend einen Menschen, auf den sie sich verlassen konnte.

Zum Glück hatte der Erzbischof von Köln, ein Freund ihres Onkels, der Bischof von Bamberg, ihr zu einem Privatagenten geraten, mit dem er beste Erfahrungen hatte. Man nannte ihn den „Späher". Wie er hieß und woher er kam, wusste niemand. Ihn zu finden schien unmöglich, aber wenn man das Gerücht ausstreute, dass man ihn brauchte, war er es, der seinen Auftraggeber fand. Er arbeitete längst nicht für jeden, war diskret und ließ sich immer nur von einer Seite bezahlen, das allerdings fürstlich.

Heute Morgen war der junge Mann endlich zum Bericht erschienen. Er berichtete über die Geschäfte ihres Käsemeisters, eines unscheinbaren Männchens, das sie bisher kaum beachtet hatte. Einen einträglichen Marktstand habe er, wo der als verdorben abgeschriebene Käse aus den Lagerhäusern des Stifts in einwandfreiem Zustand verkauft werde. Natürlich nicht auf seinen Namen, eine Witwe betreibe den Stand für einen Hungerlohn, ohne den sie tatsächlich schon lange verhungert wäre.

Nachdem der Späher sorgfältig die zahlreichen Unterschlagungen und Betrügereien des 4. Vizeküchenmeisters aufgezählt hatte, berichtete er von der neuen Bruderschaft, die sich immer öfter in der „Grünen Kröte" traf, von ihrem Ziel, die „gottgewollte" Herrschaft der Männer wiederherzustellen und von ihrem Versuch, zuerst die Beginen aus der Stadt zu jagen, und später die Fürstäbtissin zu entmachten. Die Äbtissin erfuhr von der angeblichen Vergiftung des Beginenbreies und davon, dass die Beginen im Kerker saßen und auf ihre Verurteilung durch den Rat der Stadt warteten.

Gerade war die Regentin über Stift und Stadt Essen aufgesprungen und hatte mit einer theatralischen Geste ausgerufen: „Die Frauen hole ich auf der Stelle da raus! Wenn die einer einsperrt, dann ich!", da klopfte es an der schweren Holztür. „Was ist denn, ich habe doch gesagt, ich bin nicht…" Die junge Stiftsdame, die die Störung verursacht hatte, trat zögernd näher. „Die Pröpstin hat gemeint, das müsstet Ihr sofort sehen, Ehrwürdige Mutter." Sie zeigte auf einen flachen Weidenkorb, den sie mitgebracht hatte.

Darin lagen sorgsam übereinander gelegt zwölf Plakate aus feinem Papier, das allerdings beim Abreißen an vielen Stellen Schaden genommen hatte. Der Späher wartete gespannt, bis die Äbtissin die Einladung gelesen hatte. Er kannte die Aushänge, zwei hatte er selbst entfernt, aber bei den anderen war ihm jemand zuvor gekommen.

Die Äbtissin las jedes einzelne Plakat und bereits beim vierten hatte ihr Gesicht eine ans Violette grenzende Röte angenommen.

„Sagt mir, dass das nicht wahr ist. Die Pilze! Wir hatten gestern ein Pilzgericht, es müssen Rauschpilze dabei gewesen sein, und jetzt habe ich Halluzinationen." Sie sackte in sich zusammen, richtete sich aber sofort wieder auf und schrie den Späher an: „Sagt, dass das nicht wahr ist. Sofort!" Und dann brüllte sie, dass die Scheiben klirrten: „Schlangenbrut!! Jetzt seid ihr zu weit gegangen. Noch heute wird das Haus am Pferdemarkt verkauft. Und das ist erst der Anfang!"

Nachdem sie sich ein wenig beruhigt hatte, ging ihr Blick wieder zu den Einladungen und zu der jungen Frau, die sie gebracht hatte. „Wieso kommt die Pröpstin nicht selbst? Nun gut, Ihr könnt nichts dazu. Wisst Ihr, wann das geklebt wurde?"

Die junge Frau errötete. „Ich wusste, dass Ihr fragen würdet. Deshalb habe ich nachgefragt. Um Mitternacht hat der Nachtwächter noch nichts gesehen, gegen morgen ist er eingenickt. Als er beim Hahnenschrei erwachte, hing vor seiner Nase so ein…" In ihrer Sorge, etwas Falsches zu sagen, wagte sie kaum auszusprechen, was um sie herum eine solche Aufregung ausgelöst hatte.

„Ihr habt Eure Sache gut gemacht, Ihr könnt jetzt gehen." Mit diesen Worten war die Überbringerin der schlechten Nachricht entlassen und verließ erleichtert den Raum.

„Sagtet Ihr nicht, dass die Beginen gestern Abend allesamt in den Kerker gewandert sind?" Mit diesen

Worten wandte sie sich wieder ihrem Gast zu. Der verzog keine Miene. „Nun, soweit ich weiß, allesamt bis auf eine. Es scheint, dass die Begine Renitenta von Holsterhausen der Verhaftung entgehen konnte."

„Ihr werdet diese Begine finden und hierher bringen. Renitenta von Holsterhausen, was immer Du da im Schilde führst, das wirst Du bitter bereuen!"

Das Wiedersehen

„Was um alles in der Welt machst Du hier?" Renitenta verstummte sofort wieder und senkte ihre Stimme zu einem kaum noch hörbaren Flüstern, als Isabella noch einmal warnend den Finger auf die Lippen legte. „Ich habe mich selbstständig gemacht und arbeite als Kundschafter für zahlungskräftige und zum Teil sehr mächtige Kunden. Mehr kann und will ich dazu nicht sagen. Außerdem haben wir keine Zeit zu verlieren. Du bist in Gefahr. Die Fürstäbtissin glaubt, dass Du die Einladungen zur ersten protestantischen Messe geschrieben und angeklebt hast. Sie wird Dich hart bestrafen müssen, um ihr Gesicht nicht zu verlieren. Und sie ist unglaublich wütend auf Dich. Ich soll Dich zu ihr bringen."

Renitenta schaute den Späher, den sie unter dem Namen Isabella kannte, aufmerksam an. „Das wirst Du doch nicht tun?"

Wie oft hatte Renitenta an diesen Abend gedacht, als ein zerlumpter und völlig erschöpfter Soldat Schutz und Aufnahme im Beginenhof gesucht und gefunden hatte. Erst vor wenigen Tagen war ihr im Gespräch mit Jolanthe klar geworden, warum Isabella, die sich als Mann verkleidet durchs Leben schlug, nicht einfach da geblieben war. Sie war damals nur knapp ihren Verfolgern und damit dem Tod entronnen, jetzt hatte sie sich anscheinend für ein noch gefährlicheres Leben entschieden.

„Der Einsatz ist der gleiche, aber die Gewinne sind höher." Es schien, als hätte Isabella ihre Gedanken gelesen. „Natürlich werde ich Dich zur Fürstäbtissin bringen, das ist Deine einzige Chance. Ein Leben auf der Flucht, glaub mir, das wirst Du nicht lange durchhalten."

„Warum nicht?", dachte Renitenta, „ich könnte doch einfach mit Dir gehen!" Sie sprach diesen Gedanken nicht aus, sie wusste, wie die Antwort lauten würde.

„Aber bevor ich Dich zur Fürstin bringe, muss ich Beweise für Deine Unschuld finden. Ich denke, ich weiß schon, wer für die Einladung verantwortlich ist. Ein fanatischer Beginenhasser und größenwahnsinniger Käsedieb, der sich für den Retter der Christenheit hält. Die Plakate hat er wahrscheinlich selbst geschrieben, ich glaube kaum, dass von dem bunten Haufen, der sich selbst Schwarzmondbrüder nennt, noch jemand schreiben kann."

„Hast Du gerade Käsedieb gesagt? Du meinst doch nicht etwa diesen unansehnlichen Vizeküchenmeister, den sie Käsebeck nennen?"

„Doch, den meine ich. Kennst Du ihn?" fragte der Späher. „Naja, es war vor meiner Zeit im Beginenhof, da hat er Maria Influenza den Hof gemacht. Jeden Morgen lag ein kleiner Käse vor der Tür, mit einem Zettel daran, auf dem unsinniges Zeug stand wie: Warte nur, ich krieg Dich noch! Irgendwann standen dann die Beginen morgens sehr früh am Tor bereit und bewarfen den lästigen Verehrer mit dem gesammelten Käse. Danach war er lange wie vom Erdboden verschwunden, aber in letzter Zeit ist er wieder des Öfteren gesehen worden."

Isabelle, der „Späher", hatte aufmerksam zugehört. „Hast Du eine Ahnung, was Käsebeck mit diesem Pfeffersack Overbeck zu tun hat?" Der Späher hatte den Schwarzmondbruder ins Haus des Kaufmanns und Stadtrats gehen sehen, aber es war ihm nicht gelungen herauszufinden, worum es drinnen gegangen war. „Nein, das weiß ich nicht. Ich weiß nur, dass dieser Overbeck lieber heute als morgen der Äbtissin unser

Haus abkaufen würde. Bis jetzt hat sie sich geweigert, aber wenn sie wirklich denkt, dass ich diesen Aushang gemacht habe, wird sich das bald ändern. Dann wird es keinen Beginenhof am Pferdemarkt mehr geben."

Renitenta schluchzte nun hemmungslos. „Und ich habe tatsächlich auch geglaubt, dass es die Beginen waren, sogar Jolanthe habe ich verdächtigt, weil ich wusste, dass sie genau solche Papierbogen ergattert hat, wie die von den Einladungen, und jetzt seh ich sie vielleicht nie wieder…"

„Moment mal, jetzt mal ganz langsam, weißt Du, woher Jolanthe das Papier hat und wo es jetzt ist?" Renitenta schüttelte den Kopf. „Sie hat es bei unserer gemeinsamen Spendenakquise für das Leselernprojekt dem armen Stadtschreiber so hartnäckig abgeschwatzt, dass ich mich fast geschämt habe. Und dann hat sie mich beschworen, keiner der Schwestern von dem Papier zu erzählen, weil es sonst bestimmt Maria Exacta für das Kassenbuch beansprucht hätte. Sie hat es versteckt, aber nicht mal ich weiß, wo."

„Stadtschreiber, Käsebeck und Overbeck", der Späher redete jetzt ohne Rücksicht auf Renitentas Tränen mit sich selbst. „Das müsste ich in einer Stunde schaffen." Und zu Renitenta gewandt, gab er mit einer Stimme, die keinen Widerspruch duldete, die Anweisung: „Du läufst jetzt zum Beginenhof und suchst das Papier. In einer Stunde komm ich Dich holen. Vertrau mir und lauf nicht weg."

Papier, Papier

Renitenta schaffte es, ungesehen den Beginenhof zu erreichen. Sie war nur ein paar Stunden fortgewesen, doch es fühlte sich an, als käme sie von einer langen Reise zurück. Aber niemand begrüßte sie, niemand fragte, ob alles gut gegangen war, niemand beschwerte sich, dass sie zu spät käme. Das Leben, das sie bis gestern ohne Wenn und Aber geführt hatte, schien weit hinter ihr zu liegen. Auch wenn sie nicht mehr daran glaubte, dass Maria Exacta und Jolanthe hinter der Plakatierung steckten, der Zweifel war in ihr Herz eingezogen. Wenn die Schwestern zurückkämen, würde sie ihnen nicht mehr mit kindlichem Vertrauen begegnen wie bisher. Aber vielleicht war das gar nicht so schlecht.

Während ihr all dies im Kopf herum ging, suchte sie nach dem Papier. Wo war ein Platz, der geschützt und trocken genug war, um etwas so Kostbares und Empfindliches aufzubewahren? Und den die Beginen nicht ständig aufsuchten, so dass nicht gleich eine über den Fund stolperte? Heilige Mutter Maria, gib mir bitte ein Zeichen!

In der Kleiderkammer raschelte es. Die Hühner nutzten die Gelegenheit, überall im Haus herumzulaufen. Pauline, das frechste Huhn von allen, stolzierte gackernd auf der Stofftruhe herum. Renitenta hob den schweren Deckel an und schob die freie Hand zwischen die Stoffbahnen, die für den Ersatz verschlissener Beginenkittel vorgesehen waren. Sie musste nicht lange suchen. Zehn Bogen wunderschönen weißen Papiers zog sie hervor. Jolanthe hatte Recht, es hätte sicherlich eine endlose Diskussion über die Verwendung dieses Schatzes gegeben.

Der Späher musste sich beeilen, wenn sein Plan funktionieren sollte. Der schwierigste Part bestand darin, den Stadtschreiber aus seiner Sonntagsruhe in die Immunität des Stifts zu locken. „Gehe nie zu Deinem Fürsten, wenn Du nicht gerufen wirst! Und auch dann überlege es Dir gut", war seine Antwort, als ihm der Späher in einem würdevollen Auftritt die Nachricht übermittelte, dass die Fürstäbtissin um seine Hilfe bat, da ihr das Papier ausgegangen sei, während sie an einem bedeutenden theologischen Werk arbeitete. „Ich an Eurer Stelle würde es mir nicht zu lange überlegen. Die Fürstäbtissin kann sehr großzügig sein, aber auch sehr nachtragend. Packt einen Stapel Eures besten Papiers ein, kämmt Euch und zieht ein halbwegs sauberes Hemd an, und dann macht Euch auf den Weg!"

Der Kaufmann Gottfried Egbert Overbeck hingegen war sofort bereit aufzubrechen, als er hörte, dass Sybille von Montfors-Rothenfels seinen Besuch erwartete. Das konnte doch nur bedeuten, dass es diesem schmierigen Käseverschieber tatsächlich gelungen war, sie zu einem Verkauf des Beginengrundstücks zu bewegen. Natürlich war ihm auch zu Ohren gekommen, dass die Beginen sich öffentlich auf die Seite der Reformierten geschlagen hatten, sicher war das der Grund für den Gesinnungswandel der Fürstin. Steckte Käsebeck dahinter? „Habt Ihr eine Ahnung, was ich der Fürstin als Geschenk mitbringen könnte?" fragte er den Überbringer der Einladung. „Gutes Papier ist zur Zeit sehr gefragt", antwortete dieser.

Walther von der Bosebecke fiel die kurze Kinnlade herunter, als ihm der vermeintliche Spitzel der Protestantischen die Aufforderung überbrachte, sich umgehend bei seiner Dienstherrin zu melden.

„Wer seid Ihr und für wen arbeitet Ihr?" wagte er endlich mit ängstlicher Stimme zu fragen. „Ich bin ein Mann der Gerechtigkeit", mehr als diese kryptische Auskunft wurde ihm nicht zuteil.

„Die Fürstäbtissin plant einen großen Schauprozess gegen die Beginen", versuchte der Späher den erschrockenen Vizeküchenmeister zu beruhigen. „Das will gut vorbereitet sein, und Eure Aussage wird dabei eine wichtige Rolle spielen. Also seid so gut und lasst Eure Herrin nicht warten!"

RECHTSCHREIBUNG

Nun wurde es Zeit für Isabella, die Begine Renitenta im Beginenhof abzuholen, und mit ihr selbst in die Burg zu eilen.

Im fürstlichen Audienzsaal saß bereits mit grauem Gesicht Walther von der Bosebecke und ging immer wieder im Kopfe seine Aussage durch. Es war ihm noch kaum gelungen, einen klaren Gedanken zu fassen, da wurde die Tür geöffnet und die Wache ließ den Stadtschreiber, den fetten Ratsherrn Overbeck und die Begine Renitenta ein, die doch eigentlich im Kerker liegen sollte. An ihrer Seite schritt selbstbewusst der junge Mann, den er so gerne in seinen Dienst genommen hätte.

Und was war das? Alle außer ihm hatten einen Stapel guten weißen Papiers mitgebracht! Empört fuhr er den Begleiter der Begine an: „Warum habt Ihr mir nichts gesagt, ich hätte doch auch noch ein paar Bogen Papier mitbringen können!"

„Hättet Ihr denn noch welches gehabt?" Die kühle Stimme der Fürstäbtissin erklang von der anderen Seite des Saales, den sie soeben durch eine unscheinbare Seitentür betreten hatte.

„ Das will ich wohl meinen!", rief der Stadtschreiber unaufgefordert dazwischen. „Immerhin hat der zukünftige Herr Bürgermeister fast alle meine Vorräte einkassiert, als er gestern in der Schreibstube auftauchte. Deshalb kann ich Euch nur noch die allerletzten Reste anbieten, verzeiht mir, Euer Durchlaucht!"

„Der künftige Herr Bürgermeister also. Seid Ihr mit dem Euch übertragenen Amte so wenig ausgelastet, dass Ihr die Geschicke der Stadt übernehmen wollt, Herr von der Bosebecke?"

Der Vizeküchenmeister war einen Moment starr vor Schreck. Dann entschied er sich für die Flucht nach vorne.

„Dass Ihr ein wenig Unterstützung bei der Lenkung und Erhaltung der Stadt brauchen könnt – und die biete ich Euch hiermit untertänigst an – das sieht man doch an dem skandalösen Verrat, den die Beginen gerade begangen haben – oder habt Ihr noch nichts von den ketzerischen…"

„Oh doch", die Stimme der mächtigsten Frau Essens wurde noch kühler, „ich bin im Bilde. Ja, ja, der Verrat der Beginen. Dabei brauche ich tatsächlich Unterstützung und eine wichtige Information von Euch, und zwar schriftlich. Papier ist ja genug da. Da ist eine Feder, bitte beginnt mit der Überschrift: Der Verrat der Beginen."

Walther von der Bosebecke lächelte verzweifelt. Er durfte jetzt keinen Fehler machen, oder war es schon zu spät? Er nahm die Feder, tauchte sie in das mit silbernen Ornamenten verzierte Tintenfass und schrieb auf den bereitliegenden Bogen: Der Verrat der Begienen.

Die Fürstäbtissin und ihr Späher waren neben den Schreibenden getreten und hatten gespannt auf den Papierbogen geschaut.

„Danke, Herr von der Bosebecke, jetzt haben wir die Information, die wir brauchen."

Der Angesprochene spürte, dass gerade irgendetwas völlig falsch gelaufen war, aber er wusste nicht was.

„Auf den Plakaten, und zwar auf allen, findet sich ein merkwürdiger Rechtschreibfehler. Da schreibt jemand Beginen mit ie. Und jetzt wissen wir auch, wer das ist, und wer diese Plakate geschrieben hat. Unsere Beamten verhören gerade ein paar finstere Gestalten, die sich Schwarzmondbrüder nennen. Ihre Befragungsmethoden sind manchmal etwas heftig, aber sehr wirksam. Schon sehr bald werden uns einige von ihnen bestätigen, dass sie heute in der Morgendämmerung unterwegs waren, um in Eurem Auftrag die frisch geschriebenen Einladungen anzubringen."

Die Fürstin winkte ihrer Wache. „Ab in die Arrestzelle mit ihm. In die der Burg natürlich, nicht in die der Stadt."

Sie warf dem Stadtrat Overbeck einen verächtlichen Blick zu. „Ich hatte Euch für einen klugen und aufrichtigen Mann gehalten, Stadtrat Overbeck. Und dann tut Ihr Euch mit so einem hohlen Großmaul zusammen. So kommen wir sicher nicht ins Geschäft. Aber trotzdem herzlichen Dank für das Papier. Ich brauche im Moment wirklich Unmengen davon."

Mit diesen Worten und einer gekonnten kleinen Handbewegung entließ sie den Kaufmann und den Stadtschreiber. Dann wandte sie sich an Renitenta, die noch nicht wirklich verstanden hatte, was sich gerade vor ihren Augen abgespielt hatte.

„Zugegeben, ich habe tatsächlich kurz geglaubt, dass Ihr diese Plakataktion auf die Beine gestellt habt, vor allem nachdem ich Euren Namen erfuhr. In den müsst Ihr vielleicht noch ein bisschen reinwachsen."

Die Fürstäbtissin machte eine kleine Pause. „Mir war bald klar, dass das keine noch so renitente Begine gewesen sein konnte. Ich weiß ja, dass Beginen gern und über fast alles streiten, aber dass Ihr das Wort Begine unterschiedlich schreibt, das konnte ich mir nicht vorstellen. Außerdem hättet Ihr ganz bestimmt nicht das gute Papier genommen, sondern die Rückseiten von gebrauchten Bögen benutzt." Renitenta musste lachen. Der Umgang mit Papier war tatsächlich ein ständiges Streitthema.

„Aber jetzt beeilt Euch, dass Ihr nach Hause kommt. Macht ein ordentliches Feuer im Herd und so viel heißes Wasser für den Zuber, wie Ihr könnt. Eure Schwestern kommen gleich nach Hause, und sie werden sich über nichts so sehr freuen wie über ein heißes Bad."

Damit war auch Renitenta entlassen. Sie war schon an der Tür, da drehte sie sich noch einmal um. „Darf ich Euch noch etwas fragen?", fasste sie sich ein Herz. „Ich habe gehört, dass Ihr ein Buch schreibt. Es ist sicher ein bedeutendes wissenschaftliches Werk…." Der Traum der letzten Nacht ging Renitenta noch im Kopf herum. Die Äbtissin zwinkerte ihr verschwörerisch zu. „Das liest doch keiner. Ich schreibe einen biographischen Roman über eine sehr geschätzte Amtsvorgängerin, Beatrix von Holte. Übrigens eine den Beginen sehr zugewandte Frau. Der Arbeitstitel ist „Trixi, Mädchenjahre einer Fürstäbtissin." Eigentlich ist es eine Liebesgeschichte mit wunderbar dramatischem Ausgang."

Sie lächelte versonnen und wurde wieder ernst. „Grüßt Henrike von Havixbeck von mir. Ich erwarte sie morgen Nachmittag zum Bericht und zum klärenden Gespräch, mit der angeblichen Glücksspielerin und der Köchin, die für das vermeintlich vergiftete Essen verantwortlich ist. Und Ihr seid selbstverständlich auch dabei."

Die Fürstin wandte sich noch einmal an den „Späher". Das Stift und mit ihm alle Frauen in Essen sind Euch zu Dank verpflichtet. Aber auch wenn das Schlimmste noch einmal abgewendet werden konnte, es sind ja längst nicht alle Vorwürfe gegen die Beginen vom Tisch".

Auf ein Neues

Renitenta hatte gerade die Hühner aus dem Haus verscheucht und den Badezuber zur Hälfte gefüllt, als die Beginen nach Hause kamen. „Wo warst Du denn die ganze Zeit? fragten sie besorgt. „Du hast Dich sicher sehr gelangweilt ohne uns!" Aber wenn Renitenta erzählen wollte, was sie in den letzten vierundzwanzig Stunden erlebt hatte, waren sie längst wieder bei ihren eigenen Erlebnissen.

Maria Exacta hatte sofort einen Plan gemacht, in welcher Reihenfolge gebadet werden sollte. Niemand hielt sich daran und trotzdem saßen nach knapp einer Stunde alle Beginen wohlriechend im Nachthemd in der Küche und gaben Maria Influenza gute Ratschläge zum Kochen, als hätte sie in den Stunden der Gefangenschaft alles vergessen, was sie jemals übers Kochen gewusst hatte. Jolanthe und Reimunde fegten und wischten das Haus, als hätte es dreißig Jahre leer gestanden und an der Wäscheleine flatterten elf frisch gewaschene graue Kutten im Wind.

So konnten am nächsten Tag die Beginen Jolanthe, Maria Influenza, Renitenta und ihre Meisterin Henrike von Havixbeck in untadeligem Zustand bei der Fürstäbtissin erscheinen.

Die Stiftsherrin erhob sich aus einem unbequem aussehenden thronähnlichen Sessel und kam freundlich lächelnd auf sie zu. Sie ergriff Jolanthes Hände und hielt sie einen Augenblick fest. „Ihr seid wohl die Begine, die des nächtlichen Glücksspiels beschuldigt wurde. Es tut mir leid, dass Ihr solch schlimmen Verdächtigungen ausgesetzt wart. Glücklicherweise hat sich alles aufgeklärt. Heute Morgen fand der Stadtbüttel im Löschteich vor dem Stadttor die Leiche einer Markthändlerin. Sie scheint ertrunken zu sein. Als er ihre Taschen leerte, kamen diese Würfel zum Vorschein."

Sie griff nach einem der Würfel, die bereits auf dem zierlichen Teetisch bereit lagen. Jolanthe erkannte ihn sofort. Es war einer der Würfel, die sie der Mutter Oberin übergeben hatte, mit dem Versprechen, sich fortan nicht mehr nachts zum Glücksspiel davon zu stehlen.

„Mein Käsemeister, mein ehemaliger Käsemeister natürlich, hat bestätigt, dass die Tote die Frau ist, die ihn beim Würfelspiel in betrügerischer Weise besiegt hat, und dass er sie aufgrund einer gewissen Ähnlichkeit mit Euch verwechselt hat. Er hat das mit seiner Unterschrift bestätigt, bevor er heute Morgen für immer die Stadt verlassen hat."

Mit dem Würfel in der Hand näherte sich die Fürstin langsam dem Kamin, in dem ein stattliches Feuer prasselte. „Nun, dieses Objekt finsterer Gerüchte über Hexenzauber, magische Fähigkeiten und unverdienten Reichtum werden wir ebenfalls für immer aus unserer Stadt verbannen." Langsam nahm sie Würfel um Würfel vom Tisch, warf sie ins Feuer und behielt dabei die Gesichtszüge der Begine Jolanthe im Auge. Die verzog keine Miene.

„Ihr habt von der Bosebecke laufen lassen und werdet ihm nicht den Prozess machen?", fragte Renitenta entsetzt.

„Ich habe ihn aus der Stadt verbannt. Sobald er Essener Boden betritt, gehört er dem Henker. Damit folge ich dem Rat des tüchtigen jungen Ermittlers, der ja durchaus auch Euer Vertrauen und Eure Gunst genießt, oder irre ich mich da? Er lässt Euch von Herzen grüßen, ein wichtiger Kunde brauchte seine Hilfe, und er ist bereits abgereist."

Renitenta konnte ihre Enttäuschung nicht verbergen. Schnell eilte die Oberin ihr zur Hilfe und wechselte das Thema.

„Aber warum hat er Euch zu dieser Milde geraten? Von der Bosebecks Sündenregister ist doch lang genug."

„Wenn ich ihn jetzt aufhängen lasse, werden die Protestantischen ihn sofort als einen der Ihren beanspruchen und zum Märtyrer ausrufen, und dann bricht der Konflikt auf und der Frieden in Essen ist dahin. Das will ich nicht, und das Stift käme dabei auch nicht gut weg."

„Ein kluger Berater, er wird es noch weit bringen", lobte die Oberin. „Und ob", die Fürstäbtissin pflichtete ihr bei. „Der Erzbischof plant, ihn als persönlichen Sekretär einzustellen. Aber, bitte, das ist noch nicht offiziell."

Dann fuhr sie mit erhobenem Zeigefinger fort: „Sein Nachweis, dass nicht Ihr, sondern von der Bosebecke die Plakate geklebt hat, war jedenfalls genial. Trotzdem muss ich Euch ermahnen, den entstandenen Eindruck der Abtrünnigkeit in der nächsten Zeit nicht durch missverständliche Äußerungen zu verstärken. Auch was die Armenspeisung angeht, nehmt Euch in Acht, irgendetwas bleibt immer hängen".

Auf dem Heimweg legte Renitenta tröstend ihren Arm um Jolanthe. „Das muss schlimm für Dich gewesen sein, Deine Würfel im Feuer zu sehen. Aber lieber die Würfel im Feuer als Du!"

Jolanthe sah sie verständnislos an. Sie wirkte nicht im Geringsten trostbedürftig. „Du glaubst doch nicht im Ernst, dass ich der Mutter Oberin meine richtigen Würfel gegeben habe. Wie ist es, willst Du heute Abend nicht mal mitkommen?"